Denna bok tillägnar jag alla som är i en svår situation eller har varit med om övergrepp i sin barndom. Jag vet hur svårt det är att inte bli betrodd. Man sopar oftast allt under mattan och de vuxna blundar och låtsas som om övergreppen inte pågår eller existerar. För oss drabbade känns det som om livet är över.

Jag ber er där ute att inte ge upp, hur svårt det än är eller har varit. Förövarna får inte vinna över er. Den rättigheten skall de inte få. Vi är överlevare som kämpar över vår kropp och själ om rätten att få leva. Det finns människor som vill lyssna och hjälpa. Det finns alltid hopp, om man bara orkar berätta för dom som vill lyssna. Ge aldrig upp!

Den här boken är baserad på verkliga händelser. Namn och platser är påhittade för att skydda identiteten på alla inblandade.

Skräckhuset någonstans i mellansverige

Mia Stark

© 2016 Mia Stark
Förlag och tryck: BoD
Omslag: Palle
ISBN: 9789174637489

Prolog

Året är 1978 och jag sitter i baksätet på en vit Mercedes. Jag vänder mig om och ser mamma stå strax utanför porten. Vi har precis lämnat bostadsområdet Nibble. Jag tänker tanken att vi aldrig mer kommer att ses igen.

Mamma var väldigt härjig. Både till sättet och utseéndet – med sina målade naglar, läppstift och det färgade hår. Även om hon klädde sig snyggt eller vulgärt så hade hon svårt att kombinera färger. När hon var onykter var hon väldigt högljudd. Hon hördes, tog plats och flirtade med männen i sin omgivning. När hon var nykter var hon blyg, väldigt tystlåten och tillbakadragen.

Idag ser mamma lugn och städad ut. Hon bär en svart/lila-rutig yllekjol som slutar strax ovanför knäna, med en matchande lila kortärmad bomullströja. Hennes hår är rödbrunt och axellångt. Mamma har alltid varit mån om sitt utseénde och bar sällan endast enfärgat. Jag minns inte om jag någonsin såg henne klädd i enbart en färg. Pappa syns inte till och som jag uppfattar det så ligger han på lasarettet med ett gipsat ben pga polisens övervåld. Min bror har redan blivit hämtad.

Jag försöker läsa mammas ansiktsuttryck och om det skulle avslöja något om vad hon tänker. Det värker i mitt hjärta att se henne bara stå där. Hon vinkar till mig och jag vinkar tillbaka. Jag gråter i tysthet. Tårarna rinner ned för kinderna och jag känner mig illa till mods. Jag har ingen aning om vad som väntar mig.

Kapitel 1

Våra föräldrar flyttade från Uleåborg i Finland till Sverige då det behövdes arbetskraft. Året var 1969 och våra föräldrar bosatte sig i Karlstad. Året därpå föddes jag där. Strax därefter flyttade vi till Nykroppa och i januari 1971 flyttade vi till Kolbäck där vi bosatte oss på Ringvägen. Pappa hade fått arbete på Kolbäcks Metall. 1973 var vi tillfälligt bosatta i Uleåborg under sex månader. Vi flyttade dithän det fanns arbete och under denna tid föddes min bror. I augusti 1974 så flyttade vår familj tillbaka till Kolbäck.

Vår familj hade varit kända på Socialförvaltningen sedan 1971 då vi flyttade till Kolbäck. Under flera år tillbaka har våra föräldrar haft alkoholproblem. I den torftligt inredda bostaden har det ofta förekommit fester vilket resulterat i fylleri och bråk. Vid dylika tillfällen har min bror och jag gått över till grannar och bett om att få sova där. Vid andra tillfällen tog våra föräldrar kontakt med sin övervakare och hans fru. De var så kallade kontaktpersoner till våra föräldrar. De hade känt våra föräldrar då vi flyttade till Kolbäck 1971. Övervakaren tog med oss hem till sig eller placerade oss i ett lämpligt hem över natten.

I maj 1977 ansökte våra föräldrar om skilmässa. Mamma, jag och min bror flyttade då till Hallstahammar. Vi bodde i en lägenhet på tre rum och kök i ett trevåningshus med markplan. Alla husen i området var röda tegelhus med vita balkonger och vita metallspaljéer mellan balkonger till grannarna. Området byggdes upp under slutet av 60-talet och i början av 70-talet. Nära till skolan och affären. Lekparkerna var på innegården mellan varje hus och det var ett fint område när vi var små.

Vid inflyttningen hade vi inte några möbler. Det var mycket som våra föräldrar hade lämnat kvar i Finland eller sålt för att få ihop pengar. De möbler som fanns hade vi lämnat hos pappa. Mamma var hemmafru och skulle ta hand om oss. Så var det tänkt, men hon hade ingen inkomst. Ibland ställde hon upp och var barnvakt åt mina kusiner. Pappa jobbade hårt och försökte hjälpa mamma oavsätt relationskrisen, men det det räckte inte alltid till det mest nödvändiga. Så vi beviljades medel från sociala centralnämnden till hemutrustning – ett enkelt köksbord med pinnstolar, två enkelsängar, en dubbelsäng, en blommig tresittsoffa och två fåtöljer med ett vardagsrumsbord. De flesta möblerna köptes på loppis, men en del personliga saker hade mamma sparat sedan tidigare. Våra föräldrar försökte skapa ett, i deras ögon, bra hem till oss trots att de inte var sams med varandra. Skulden till socialtjänsten skulle betalas tillbaka när ekonomin blev bättre och nu tillfördes ytterligare en möbelskuld till räkningen.

Strax efter flytten skaffade pappa en bostad i närheten. Den planerade skilsmässan fullbodades inte, utan våra föräldrar flyttade ihop igen, utan att äktenskapsproblemen för den skull blev mindre. Pappa tog med sig skivspelare så vi kunde lyssna på Elvis Presley, Baccara, Finsk tango och dansmusik istället för att höra mammas och pappas tjafs och bråk.

Från grannar, närboende samt övervakaren/kontaktpersonen till våra föräldrar har otaliga anmärkningar om våra föräldras levnadssätt inkommit till socialtjänsten. Anonyma anmälanden har gjorts om att vi, min bror och jag, missköttes i hemmet. Vid ett flertal tillfällen har vi, såväl vardag som helg, lämnats ensamma utan någon tillsyn då mamma rest bort för att roa sig. Förutom detta hemförhållande förekommer lägenhetsbråk och familjegräl kontinuerligt i vår närhet, ofta orsakad av mammas och pappas alkoholmissbruk. Vi lämnades ofta utan tillsyn och vi tillgodoses inte med varken kläder eller mat. Våra föräldrars engagemang (främst mammas) på det känslomässiga och det materiella planet existerar knappt alls. Vi får till stor del klara oss själva och vi försöker få kontakt hos grannar och släktingar. Senare i våra liv så försöker pappa få det att fungera. Under senare del har vi varit ensamma även på dagarna. Mamma har inte varit hemma, så övervakarens fru har tillbringat en del av helgerna i vår lägenhet för att försöka få kontakt med vår mamma och övervakningen har varit mycket intensiv. Pappa hamnade på lasarettet på grund av en benskada som orsakats av polisen i onödan då han var onykter och gjorde motstånd i något av lägenhetsbråken. Polisen använde övervåld och bröt benet på honom, så nu hade han gips från tårna ända upp i ljumsken. Pappa har då inte kunnat påverka sociala centralnämndens utredning och beslut på grund av att han blev kvar på lasarettet en längre tid. Övervakaren anser att det nu har visat sig att övervakningen är en otillräcklig insats för att åstadkomma en förbättring för vår familj och för mig och min brors fortsatta utveckling. De beslutar då att placera oss i ett annat enskilt hem.

Under Sociala Centralnämndens utredning beslutades det i samtycke med pappa och mamma, i avvaktan på vidare beslut, att min bror och jag skulle placeras hos släktingar. Min bror fick vistas hos vår farbror, hans fru och våra tre kusiner i Kolbäck, Sörstafors. Mig placerade de hos Reijo, en bekant till våra föräldrar. Under utredningens gång har samtal förts genom tolk med mamma och pappa under året 1978. De fick enligt socialtjänsten en möjlighet att bedöma de uppgifter som framkommit vad gäller min brors och min vård och uppfostran. Mamma anser att hon tagit tillräckligt med ansvar för oss. Som redan nämnt hade pappa inte kunnat påverka besluten med fysiskt närvaro så mycket då han låg på lasarettet med gipsat ben under en lång tid.

Under en helg efter att pappa har haft samtal med sociala myndigheter har han hört av sig till sin övervakare Piirainen och berättat att vi inte kan vara ensamma tillsammans med vår mamma. Enligt pappa är hon inte tillräckligt mentalt stabil. Han har också bestämt sig att skiljas från vår mamma nu. Efter skiljsmässan vill pappa har vårdnaden om oss och vill göra rätt för sig. Pappa kontaktar då socialchefen och genom tolk förklarar att han tycker att min bror och jag skall vistas hos samma familj, nämligen vår farbrors, i väntan på att utredningen enligt BVL (Barnavårdslagen) görs. Vid nästa besök hos vår mamma talar övervakaren Piirainen och socialchefen Stig Larsson om vad som kommer att ske. Han går med på att vi båda placeras hos vår farbror i avvaktan på att utredningen blir klar. Vår mamma uttalar att hon känner sig hotad i hemmet. Hon är rädd för vår pappa när han skrivs ut från lasarettet och beviljas då att bo i jourlägenhet tills utredningen är klar. Nästa dag åker övervakaren Piirainen och hämtar mig från Reijo. Efter att jag fått med mig min skolväska och en del kläder åker vi till vår farbror med familj i Sörstafors, där jag återförenas med min bror.

Socialen kontaktar skolan samt taxibolaget för att lösa skolskjutsfrågan för mig och min bror. Vi kommer att få åka taxi till skolan respektive förskolan. Övevakaren Piirainen som har besökt oss vid vår vistelse hos farbror Arto ser att vi trivs fint och det går bra i familjen. Socialen har genom tolk också förklarat för vår farbror och hans fru Elsa att min bror och jag har tid för läkarbesök, en hälsokontroll som socialtjänsten kräver för att se om vi är friska. Under tiden som vi vistas hos vår farbror pågår socialbyråns utredning och kartläggning av vårt liv, genom samtal med vänner till våra föräldrar, grannar och skolan. Personer i området där vi bodde med våra föräldrar lämnar ytterligare uppgifter om att jag och min bror många gånger har blivit lämnade ensamma. Ibland har vi också stått utanför dörren och velat komma in, utan att blivit insläppta av vår mamma. De berättar också att vi går trasigt och tunnt klädda samt att grannar flera gånger har hört oss gråta om nätterna. Anledningen till detta vet de dock inte. Det är en vanlig företeelse med bråk, högljudda röster i vår lägenhet och täta besök av berusade pesoner då de har sina fyllefester. Grannen, vars dotter Sanna är skolkamrat med mig, har gjort hembesök och har haft daglig kontakt med mig. Hon bekräftar även de anonyma samtal som kommit in till socialbyrån om att vi oftast har missköts med både mat och kläder samt fått klara oss själva. Jag har också bett om att få sova över flera gånger hos dem då det varit fest i lägenheten.

Socialtjänstens samtal med skolan bekräftar att våra föräldrars kontakt med Hem och Skola (RHS) har varit obefintlig sedan jag började skolan vid sju års ålder. Vid de obligatoriska föräldramötena så kom mamma till skolan först efter flera påstötningar av skolan. Klassföreståndaren upplever att jag inte har något stöd från mina föräldrar och att jag får själv ta ansvar över mitt och min brors liv för att försöka få det att fungera. Hon vet att min klasskamrat Sanna, som bor granne med mig en trappa ner, fått gått upp och väcka mig ibland för att jag ska gå till skolan. För att ingen annan gör det. Jag har också fått äta frukost hos henne då det inte har funnits något hemma. När det har varit skolavslutning, föräldrarmöten och dylikt har vår mamma fyllt i lappen till skolan att hon skall komma men det har hon inte gjort. Då blev jag ledsen. Jag kommer dåligt klädd till skolan och är alltid mycket trött. Flera gånger har jag varit hungrig, varpå läraren misstänker att jag inte fått mat hemma. De gånger jag minns att mamma gav mig frukost så var det i form av en mosad bulle i kaffet med socker och mjölk. Detta tyckte jag dock var gott, men kanske inte så näringsrikt eller något som man förväntar sig att få som barn. Men jag visste inget annat. Det var bättre att äta och få något i magen än att gå hungrig hela dagen än att inte få något alls!

Det fanns nästan aldrig föräldrar med oss ute på gården hemma. Det var sällan lärare med oss ute på rasterna och då passade några killar i klassen på att trakassera mig. De flesta barnen i klassen visste om hur familjesituationen såg ut för mig och min bror, men de förstod inte riktigt hur allvarligt det var. Flera av barnen i klassen bodde i närheten och en del i samma område som oss. Jag blev också hotad och mobbad av några killar i klassen för att min bror och jag var utsatta och hade det annorlunda. Barn vet inte bättre, då inga föräldrarna ser vad barnen håller på med och ingen säger åt dem att uppföra sig. Då de hotade med att slå mig så gav jag dem pengar för att inte bli slagen. Det skulle bli lungt för just den gången. Pengarna hade jag fått vid flera tillfällen från mammas och pappas vänner när de hade sina fester i vår lägenhet. Det var nog inte illa menat av vuxna, men pengarna ersatte deras dåliga samvete. För vi var bara barn och de vuxna skulle egentligen ta hand om oss. Vi gick själva ner till kiosken som låg i närheten av Nibble-området och köpte godis.

Min bror går sedan i höst i finsk förskola på Vitsippan. Han har en förskolelärare som heter Marja och hon kände vid terminstarten inte alls till vårt familje-hemförhållande, men förstod mycket snart att det inte stod rätt till. Min bror har kommit smutsig och dåligt klädd till förskolan. Han har ofta sagt att han är mycket trött och verkar helt utmattad. Dessutom är han alltid hungrig. Min bror ger enligt Marja ett intryck av att vara mycket otrygg. Han har också koncentrationssvårigheter. Marja har haft kontakt med mamma vid flera tillfällen. Då det har varit föräldrarmöte har mamma alltid kommit när det har gällt min bror. Då min bror hade kikhosta ringde mamma alltid till Marja för att få råd och mamma verkade ha bra kontakt och förtroende för Marja ett tag. Mamma följer oftast med min bror till förskolan och han har inte någon ovanligt hög frånvaro. Jag vet inte varför mamma gjorde skillnad på mig och min bror, men hon gjorde det. Mamma tyckte att jag var gammal nog att ta hand om mig själv.

Marja bor i samma bostadsområde som vår familj och har ofta sett min bror ensam ute i bostadsområdet. Hon har aldrig sett min bror tillsammans med föräldrarna. En dag när jag kom hem från skolan så hade min bror och några av hans lekkamrater lekt krig med stenkastning och min bror hade fått en sten i huvudet. Det blödde kraftigt. Det var ren tur att jag råkade komma hem från skolan, för ingen var hemma. Grannen fick hjälpa oss att plåstra om.

Socialen gör hembesök hos vår farbror och hans fru och vi ser ut att trivas. Jag är i skolan och min bror leker i "sitt sovrum". Svaret från min och min brors läkarundersökning har också kommit. Något skriftligt intyg fick vi inte, men enligt socialen mådde min bror bra förutom att både han och jag hade skabb. Jag hade även lågt blodvärde. Under helgen var pappa på besök. Mamma hörde enbart av sig per telefon pga att hon kände sig rädd att stöta på vår pappa. Vår farbror med fru berättar att alltsedan jag föddes har det varit problem i vår familj. Vid ett tillfälle då jag var ett år gammal reste våra föräldrar ifrån mig. Vår farbror och hans fru ställde upp som barnvakt en stund, men mina föräldrar hörde inte av sig. Istället skickades ett telegram till farbror om att de hade rest till Finland en vecka. Liknande saker har hänt många gånger.

Nu när pappa var på permission från lasarettet ville han berätta sin upplevelse i utredningen. Liksom min mamma får pappa nu veta besluten i utredningen. Vad gäller familjesituationen så berättar pappa att han tog ut skilsmässa den 10 november 1978. Han vet också att vår mamma har förlovat sig under helgen. Pappa berättar att det har varit mycket svårigheter med äktenskapet, trots detta flyttade han ihop med vår mamma och oss barnen igen efter att vår mamma tagit ut skilsmässa året innan. Det gjorde han för vår skull. Pappa ville försöka att ge oss trygghet. Pappa säger också att han på senare tid förstått och försökt att förbättra förhållanderna i hemmet. Han har hjälpt mig komma iväg till skolan, lagat mat, med mera fram tills incidenten med polisen. Han har inte kunnat påverka händelseutvecklingen efter skadan.

Alkoholproblemen orsakades av familjeproblemen. Det var i Kolbäck 1974 som det började gå över till en allvarlig art. Vår mamma misskötte oss då pappa arbetade och hon var tillsammans med andra män med alkoholproblem. Pappa säger att han förstår att vi har farit illa, men vill också visa att han skall få oss tillbaka när han ordnat upp sin sociala situation.

–"Hellre tar jag barnen än flaskan", säger pappa. Pappas advokat kontaktar barnavårdskonsulenten Birgitta och ber om skriftligt besked vad gäller delgivning och underrättelse av utredningen. Konsulenten kontaktar Karin på länsrätten och ger besked om att juridiskt sett krävs det inte att berörda personer skall underrättas om utredningens innehåll skriftligt, utan en muntlig redogörelse är helt tillräcklig.

1 december 1978 rapporterar pappas förmyndare Keijo, som har ansvaret över oss, att vår farbror inte kan ta hand om oss alltför länge till då båda arbetar och inte kan ta ut mera ledighet från sina jobb. Min bror får nu vara fem tim/dag hos en

kommunal dagbarnvårdare vid namn Irmeli som bor nära min farbror. Jag var lite äldre och var i skolan om dagarna. Det blev bestämt om fosterhemsplacering.

Socialen gjorde nu hembesök hos makarna Martti och Mirjam Holm. De var positiva vid förfrågan om att eventuellt bli fosterhem åt mig och min bror. De hade hört av sig till socialförvaltningen angående en tidigare annons i dagstidningen. Makarna Holms hem är godkänt som fosterhem av socialen i Enköpings från 23 maj 1977. Enligt socialen ger hemmet ett gott intryck och makarna kan med all säkerhet ge oss den trygghet och vård vi behöver. Socialen och makarna Holm kom överens om att de skall kontakta vår farbror Arto. Det socialen inte vet är att Mirjam adopterade bort ett barn när hon var ung och bodde i Finland. En dotter som senare i livet tog kontakt med Mirjam, och som Mirjam då inte ville ha kontakt med. Socialtjänsten trodde att makarna inte hade några egna barn sedan tidigare. Jag tror det hade haft betydelse för mig och min brors placering i den här familjen, om socialtjänsten hade känt till denna information. Det behöver inte alltid betyda något negativ att man inte har erfarenhet av barn, men det hade varit mer ärligt från början. Men vi vet inte om något annat fosterhem hade blivit bättre eller sämre för oss, och det går inte att ändra på idag.

Min bror omhändertogs som 5-åring och jag som 8-åring enligt Barnavårdslagen 25 § a) och 29 §

"sedan verkställd utredning givit vid handen att såväl vår kroppsliga som själsliga hälsa utsatts för fara i föräldrarhemmet". Min bror hämtades först och efter några veckor hämtades jag. Vi placerades i ett fosterhem i Enköping i mellansverige den 1 december 1978. Socialen i Enköping påstod sig enligt lagen ha granskat familjen och ansåg den lämplig till att ha hand om barn som behöver trygghet, kärlek och omsorg. Men de granskade inte fosterföräldrarna tillräckligt, utan såg bara till att fosterfamiljen hade tillräckligt med pengar. Hade vi hamnat här om socialen hade granskat paret bättre?

Kapitel 2

I början ser det ut som att vi anpassar oss och trivs bra. Vi har fått egna rum med lekbänk, osv. Fosterföräldrarna har handlat läderstövlar, kläder, skridskor, leksaker, skidor, medmera. De ville inte ha någon ersättning från socialen för dessa utgifter. Allt hände så fort och vi skulle strax åka till Finland, till en ny släktskap för att visas upp. I början tyckte vi att allt verkade bra. Så mycket saker vi hade fått! Vi var redan då köpta. Vad vi inte förstod just där och då, var att detta var "köpt kärlek" – att det varken fanns psykiskt eller fysiskt kärlek på riktigt. Jag hade fram tills nu haft ett visst ansvar över min bror och jag tog tidigt på mig ansvaret hos fosterföräldrarna för min bror. Jag kände förhoppning om att vi skulle få ett bättre liv och att jag kunde skydda honom från allt ont. Jag var besviken och arg på mamma och pappa för allt. Förtvivlad över situationen. I den här nya familjen hade vi massor av nya leksaker, eget rum och allt det materiella som vi inte var vana vid. Vi gick från att ha lite till att få mycket på ett ögonblick.

Ju längre tiden gick i den här nya familjen kände jag mig mer och mer sårad över att mamma och pappa inte kunde ta hand om mig och min bror och att de tvingades att lämna bort oss till främmande människor som ville att vi skulle kalla dem mamma och pappa. Det kändes helt fel och det gjorde ont både fysiskt och i själen. Min bror tänkte nog inte så mycket på det då han var så liten, bara fem år gammal. Han kommer inte ihåg lika mycket som jag gör av familjeförhållandena. Han kunde ju inte hjälpa, stötta och uppmunta mig när jag hade behövt prata om situationen och när alla tankar malde i huvudet. "Han var ju mer utsatt än mig", tänkte jag för mig själv och kände mig övergiven och bortglömd. Jag uttryckte att jag aldrig ville träffa pappa mer. Mamma nämde jag aldrig lika mycket, då jag visste att hon inte var lika ansvarsfull som pappa. Men innerst inne förstod jag att hon gjorde sitt bästa. Fast jag stred med känslor som gjorde ont i magen och själen – att hon hade lämnat oss! Hon var ju vår mamma. Jag var skitförbannad, ledsen och frustrerad. Jag grät mig till sömns på nätterna men kände att jag var tvungen att vara stark för min brors skull.

Tidigt försökte fosterföräldrarna intala oss att vi inte hade någon möjlighet att flytta tillbaka till våra biologiska föräldrar. När fosterföräldrarna pratade med socialtjänsten så hörde jag dom säga något helt annat. De förstod att när våra biologiska föräldrar ordnat upp sin livssituation så skulle vi flytta tillbaka. Våra biologiska föräldrar var välkomna när som helst. –"Dörren står öppen", sa dom. Det var något som jag gick och hoppades på under hela uppväxten.

Utåt sett skulle allt se perfekt ut. De försökte uppfostra och styra oss dit de ville. Mot andra personer, barn, vuxna, bekanta, medflera var våra fosterföräldrar väldigt trevliga. Men inom husets väggar fanns det en hotbild som hela tiden hängande över oss. En känsla som är så obehaglig att den inte går att beskriva i ord. Vi fick tassa på tårna. Till exempel så upptäckte min bror och jag ganska snart att vi inte fick välja mat. Vi fick heller inte välja hur mycket vi ville ha. Vi var tvungna att sitta kvar vid bordet tills vi hade ätit upp, trots att det tog flera timmar eller en hel dag. Om vi inte åt upp så försökte de mata oss och forcera in mat i våra munnar. Detta var så förnedarande att både min bror och jag valde att äta maten själva, vilket resulterade i att vi fick kväljningar. Det var stora portioner på tallriken. Som om de ville göda oss. Till slut mådde man illa och man kände sig tjock, ful och spyfärdig. Vi blev tvingade att äta hammagjord aladåb, med hår kvar på grishuden. Spyorna åkte upp och ner. Kräkreflexen gjorde att man hulkade hela tiden. Det var nog det som var meningen – att vi skulle känna oss mindre kaxiga så att de kunde bryta ner vårt försvar bit för bit, till den graden att vi inte skulle orka protestera mera. Utan bara ge upp. När timmar gick och de lämnade bordet och köket och istället gick in i tvättstugan (som låg på samma plan) satt vi kvar och försökte hålla kvar maten i munnen. Vi låtsades tugga, men maten hade vi istället hamstrat i kinderna ett tag. Efter en stund, när vi trodde att de inte såg oss, smög vi till kompostpåsen och spottade ut maten och försökte gömma den bland allt annat som låg i komposten. Men fosterföräldrarna kom på oss, då de emellanåt gick och tittade om vi satt kvar vid bordet. Vi hade inget annat val än att gå fram till soptunnan, som var under diskbänken, och plocka upp det vi hade spottat ut i komposten.

Även maten vi hade gömt i papper och stoppat i fickorna. Vi fick gräva fram det och äta upp det.

När man som barn hade gått i affärer så ville man ha allt man såg. Vi hade nästan aldrig haft råd med något tidigare så vi var inte vana vid att gå i affärer och handla så mycket på en och samma gång. Det var inte så konstigt att min bror och jag blev alldeles upprymda när vi såg allt det goda. Vi hörde fosterföräldrarna berätta för bekanta och släktingar att vi var som tokiga i affären – vi rev och slet i allt och uppträdde som ouppfostrade apor. Så nedväderande och sårande, till och med mot apor. Detta fick socialtjänsten aldrig veta och sådant frågade de heller aldrig om. Då socialarbetare var och hälsade på så satt vi i samma rum med fosterföräldrarna när de ställde sina rutinfrågor, eller så satt vi i våra egna rum. Dörren var aldrig stängd, så vi kunde aldrig berätta för socialtjänsten hur illa det var. Det kändes som om de egentligen aldrig var intresserade av hur vi hade det. Så tänkte jag och min bror redan då, och så känner vi även när vi pratar om det idag.

Vi fick aldrig förtroendet att ha hemmanyckel. Fosterföräldrarna var så pass misstänksamma mot oss. Vi kunde inte gå hem efter skolan själva. Inte heller då det hände något under dagen som gjorde att vi var tvungna att gå hem. Vi hade inte samma trygghet som många av våra jämnåriga – att ha någonstans att ta vägen ifall något oförutsatt hände. Så en gång hände det som inte fick hända. Hade jag haft tillgång till toalett, haft en hemmanyckel eller fått tillåtelse att gå till en skolkamrat så hade jag inte behövt göra på mig och sitta i skiten i trapphuset utanför lägenheten. Jag var åtta år gammal. Så förnedrande! Där satt jag och väntade och hoppades på att fosterföräldrarna skulle komma hem från jobben, så att jag slapp sitta och skämmas och stinka. Jag hoppades för guds skull att ingen skulle komma in i trapphuset och se mig så här. Hade jag lånat grannens toalett hade det förr eller senare kommit fram till fosterföräldrarna att jag gått in till grannen utan fosterföräldrarnas lov, och då hade jag blivit bestraffad för det. När de senare dök upp så skrattade de mig rakt i ansiktet. Då skämdes jag ännu mer. De hjälpte mig i duschen trots att jag sade att jag klarade mig själv! Det jag tyckte var värst var att jag inte fick sköta mig själv. Jag var ju inget litet barn längre! Efter händelsen fick jag en hemmanyckel. Mest på grund av att grannarna inte skulle få nys om att de kontrollerade oss hårt, från morgon till kväll. Allt vi gjorde övervakades, för att förhindra misstag som kunde avslöja hur fosterföräldrarna behandlade oss. Tänk om jag hade missbrukat detta och råkade ta hem någon från gården eller skolan, och att de inte fick veta det. Vilken katastrof! Men tänk er känslan att varje dag komma hem från skolan och sätta nyckeln i nyckellåset och känna att du egentligen inte hör hemma hos fosterföräldrarna. Att aldrig känna att du är välkommen hem som barn. Det som kändes mycket värre än olyckhändelsen i trapphuset var att inte känna trygghet och att inte vara omtyckt, för den man är.

Min bror hade inte lika mycket koll i början då han var så pass ung. Det kom först senare när han hade vuxit upp och blivit tonåring och träffade våra biologiska föräldrar. Det var då all information kom fram om hur allt låg till. Han kom inte ihåg våra biologiska föräldrar lika mycket som jag. I mitt tycke så har detta visat sig vara en nackdel under hans barndom, uppväxt och hans vuxna liv. Min bror hade ingen att identifera sig med. Jag utvecklades fysiskt väldigt tidigt och fick min menstruation redan vid 10-årsåldern. Min bror var också tidig in i puperteten vilket gjorde att vi började ifrågasätta saker. Detta är ganska normalt när man är i puberteten. Vi vägrade lyda och bete oss såsom Martti och Mirjam ville att vi skulle göra. Eftersom vi inte hade en sund uppfostran så blev tonåren extra komplicerad. Istället straffades vi vid minsta motstånd och när vi försökte säga att vi mådde dåligt. Vi blev både psykisk och fysisk nedtryckta med verbal kränkning och kroppslig bestraffning.

1979 kom förbud mot barnaga. Jag hörde det på TV och tog då upp detta vid ett tillfälle med fosterföräldrarna. Äntligen en lag som säger att föräldrar och andra vårdnadshavare inte får uppfostra eller straffa sina barn fysiskt, t.ex genom att slå dom. Jag tänkte att det äntligen kanske skulle bli ett slut på hoten och våldet. Lagen lyder:

"Barn har rätt till omvårdnad, trygghet och en god fostran. Barn skall behandlas med aktning för sin person och egenart och får inte utättas för kroppslig bestraffning eller annan kränkande behandling."

När jag tog upp detta så fick jag till svar:
–"Ni är inte våra biologiska barn så det räknas inte. Ni bör tänka er för innan ni är olydiga, så kanske ni slipper bestraffning."

Så lagen hade ingen som helst betydelse. Allt hände ändå dolt innanför de fyra väggarna i skräckhuset, där ingen såg eller hörde något.

Kapitel 3

Det var redan innan tonårstiden som de första övergreppen började. Vid alla tillfällen som jag minns var vi tvungna och basta med Martti och Mirjam upp till tonårstiden. Efter det försökte vi så gott vi kunde undvika och basta under samma tidpunkter som fosterföräldrarna, om vi kunde. Vi hittade på ursäkter såsom skolarbeten, vilket var en av de enda sakerna som de godkände som ursäkt. Det är ju så sjukt fel! Martti passade alltid på att sitta och glo naken på bänken i omklädningsrummet när jag duschade innan bastun. Det kändes så obehagligt, äckligt och förnedrande! Som blottaren som vi hade sett på väg hem från skolan och som vi blivit varnade för, då den personen ville visa sig naken för barn. Så kände jag att Martti ville visa sig. Sexuellt ofredande! Han hade medvetet planerat att se mig naken. Jag fick aldrig vara ifred och fick alltid vara på min vakt. Dag som natt. Konstant rädsla av att bli tafsad på av Martti. Mirjam låtsades som om hon inte förstod protesten alls, utan höll bara sin man om ryggen. Kanske vågade hon inget annat heller eller så var hon bara likgiltig. Vi var tvungna att sitta rakryggade när de kastade vatten på bastuaggregatet tills jag fick blodtrycksfall och nästan föll ihop. Jag gick dubbelvikt in till mitt rum, lade mig i sängen och mådde jättedåligt. Kallsvettades och var spyfärdig. Det var tortyr. Det spelade ingen roll ifall jag protesterade. Då fick jag sitta längre tid i den heta bastun eller så fick jag utegångsförbud istället. Det fanns inte så mycket att välja emellan. Min bror blev vansinnig och sa emot, men då fick han utegångsförbud som straff.

Jag var nio år gammal och vi bodde på Vetlandavägen i ett tvåvåningshus. En dag lyfter Martti upp mig i sitt knä i trappan i huset. Han börjar ta på mig, tar på könsorganet innanför mina trosor, rör inuti mig och säger "det är inget farligt, helt normalt", flåsandes i mitt öra. Jag blev helt paralyserad. Kroppen lydde mig inte. Jag blev illamående och rädd. Sedan blev jag förbannad och jag började slita mig loss från hans grepp. Genom spaljén i trappan såg jag någon komma. Det var Mirjam som kom hem från jobbet och det blev min räddning, om man kan kalla det räddning. Övergrepp hade redan hänt. Precis när dörren öppnades så släppte han mig ur greppet och allt skulle gå till det normala, som om ingenting hade hänt. Martti gick in på sitt arbetsrum och låtsades som om han hade mycket att göra. Det kändes så äckligt och obehagligt, både psykiskt och fysiskt. Jag försökte förklara händelsen för henne så gott jag kunde, men trots att Mirjam redan visste om detta så valde hon att blunda för sanningen. Hon undvek och lyssna på mig! Jag tog på mig skamkänslan och tyckte att det var mitt fel – som inte vågade skrika rakt ut om händelsen. Men jag försökte berätta på mitt sätt vid flera tillfällen som verkade lämpliga, men ingen ville lyssna. I flera års tid berättade jag delar ur övergreppen till vuxna i min närhet. Men alla ville inte lyssna. Och om de lyssnade så ville ingen veta av något och trodde att jag hittade på. Martti sade att om jag berättade skulle jag få så mycket stryk eller hamna på en anstalt, där socialen skulle placera mig och min bror på ett ställe där vi skulle aldrig få komma ut. Jag tänkte att ingen skulle tro mig ändå, så jag berättade inte förrän jag blev vuxen.

Denna obehagliga känsla har jag burit med mig under hela mitt liv. Det har påverkat mig även när jag fick egna barn. Jag är och har varit väldigt överbeskyddande mot våra barn och rädd för att det ska hända dem något! Jag har försökt finnas för barnen i alla lägen och alltid försökt ha en öppen dialog om allt som händer runt oss och det som händer i resten av världen. En dialog som jag aldrig haft möjlighet att ha med fosterföräldrarna, då de styrde oss med järnhand samt manipulerade oss till att göra presis som de ville. En sådan relation ville jag inte ha med våra barn.

Varje kväll när vi skulle lägga oss kom Martti in i sovrummet utan att knacka på. Men jag hörde stegen utanför dörren komma närmare och närmare. Han påstod att han bara ville säga god natt. Jag önskade varje gång att jag kunde få låsa dörren. Men nej, det fick vi inte göra. De skulle ha koll på oss. Skräcken fanns där varje natt och jag sov aldrig ut ordentligt. Alltid var jag orolig och stressad över att inte ha koll på min egen kropp och själ. Martti förklarade för Mirjam att han skulle lyssna på när jag bad till Gud, vilket vi hade lärt oss under tiden vi vuxit upp där. Varje kväll skulle vi be knäböjda vid sängen och säga "Gud som haver barnen kär, se till mig som liten är". Det gjorde jag och därefter lade jag mig i sängen. Jag visste vad som skulle hända och försökte dra åt täcket under mig så att det skulle sitta så tajt som möjligt, men det hjälpte inte. Han kittlade mig tills jag började gråta eller tappa andan. För det tyckte Martti var roligt. Då hade han makten och jag var försvagad och kunde inte försvara mig. Han hade all möjlighet att komma åt min kropp och mina bröst. Jag försökte gömma mig och förvara mig under täcket, men han bara skrattade. Då skrek jag "Sluta!". Han blev som förvandlad till en annan person. Det blev knäpptyst och han bara glodde på mig. Han verkade inte riktigt klok. Han valde mellan att tvinga sig på mig eller skratta. Plötsligt började han gapskratta. Han tyckte det var roligt att jag var i underläge. Som barn har man inte en chans att försvara sig. Det visste han om och tyckte det var roligt. Han glodde på mig när han satt på sängkanten och sade att jag skulle få ett nytt straff för att jag skrek och gjorde motstånd. Det visste jag att han skulle säga. Jag var van att få straff. Mirjam visste vad som pågick, såg och hörde allt men gjorde ingenting. Därför ser jag henne som lika skyldig till brott. Hon skyllde på att hon hade tagit sömntabletter och inte hört något. Han tafsade på mig helt öppet även dagtid när Mirjam var hemma och såg, men gjorde inget då heller. Det kunde vara när jag stod och diskade och hade ryggen mot och inte såg när han plötsligt dök upp bakom och låtsades kittla. Men han var ute efter brösten. han höll i och jag stretade emot. Ibland blev jag så frustrerad och förbannad att jag skrek rakt ut att han skulle sluta! Och jag började gråta för att Martti inte lät mig vara – att jag inte fick ha min egen kropp ifred. Aldrig att jag kunde slappna av, utan var tvungen att vara på min vakt alla timmar på dygnet. Jag var glad att nattlinnen på den tiden var långa, så de var svårare att slita upp eller av. Jag hade lättare ibland att skydda min kropp.

Fosterföräldrarna hade en sommarstuga tre kilometer utanför Enköping och pendlade därifrån till arbetet när vi vistades där. Alla våra sommarlov gick åt att jobba i stugan. Rensa rabatter, klippa gräs, städa inne i huset, diska, tvätta fönster, måla väggar, rensa sjöbotten, fixa på tomten och stapla ved. Det är inget fel i att lära sig städa, men vi hade aldrig tid över till något annat såsom att bara vara barn och leka med kompisar. Ytterst få vänner fick komma över och umgås. Om det någon gång var någon med så var Martti och Mirjam extremt övertrevliga mot dem, så att ingen skulle bli misstänksamma hur vi hade det. Stugan låg vackert på en sjötomt det var idylliskt. Det fanns en kiosk några hundra meter ifrån stugan där man kunde gå och köpa glass på sommaren. Det hade kunnat vara en dröm för oss barn – att ha med sig vänner på sommarlovet, sova över i stugan, leka, bada, basta, ro båt, åka motorbåt, fiska, leva livet och må bra. Vilken dröm!

Jag var inte speciellt gnällig av mig. Möjligtvis lite tjatig. Om jag vägrade göra något de ville och eller sa emot när jag inte orkade arbeta så fick jag stryk med björkris eller bälte. Det var bara och välja om det var årstid för björkris eller inte. Det var alltid Martti som gjorde det. Björkriset fick jag gå hämta och plocka ihop själv som då skulle användas för att slå mig. Ironiskt nog så fanns det björkar på tomten vid stugan, som om det allt var planerat från början. Då tog han tag i mig och släpade in mig i omklädningsrummet som låg innan man gick in i bastun. Martti tog av sig bältet, lade mig över sina knän, drog ner mina byxor eller befallde mig att göra det själv. Sedan slog han mig med bälte eller björkris och smekte på rumpan samtidigt. Jag skrek!

Vi fick också som straff att vara inlåsta på deras utedass i flera timmar. Utedasset låg bredvid vedboden på tomten i närheten av stugan. Precis som i berättelsen om Emil i Lönneberga, som låstes in i snickarboden när han inte lydde sin far och mor, så fick vi sitta inlåsta om vi inte lydde fosterföräldrarna. Detta oavsett vad vi hade gjort. Ibland gömdes vi undan från bekanta som inte skulle få veta något, eller inte var beredda att varken se eller höra hur vi behandlades. Eller så ville inte fosterföräldrarna att dessa personer skulle bli misstänksamma på vad som hände, för risk för att bli anmälda.

Jag minns speciellt ett tillfälle då socialarbetare skulle komma på besök när jag skulle fylla tio år. Vår biologiska pappa och våra kusiner skulle följa med. Jag hade en blårutig klänning på mig, vilken jag tyckte jättemycket om och jag kände mig fin i den. Jag såg fram emot att få träffa pappa. Även om jag hade varit med om något hemskt innan så var jag tvungen att tänka på något annat för att överleva. Det minns jag så väl. Jag kommer inte ihåg var min bror var för tillfället. Det jag minns var att vår farbror med familj och vår biologiska pappa hälsade på på min födelsedag och jag fick låtsas som om ingenting hade hänt. Jag skulle undvika och prata med någon, även socialentjänsten, som jag ändå inte hade något förtroende för. Men jag visar dock dem några presenter som jag hade fått av min biologiska pappa.

I den stunden förstod jag, som jag säkert redan tidigare omedvetet föstått, att vi hade hamnat i fel familj. Jag hade saknat min riktiga pappa och mamma. Pappa gjorde nämligen regelbundna besök hos oss/fosterföräldrarna under vissa perioder. Jag undrar idag om pappa anade eller visste något, men jag vågade inte berätta för honom om det som hade hänt. Mamma hörde inte av sig speciellt mycket, fast jag hoppades att hon skulle hälsa på oss så att jag och min bror inte skulle glömma henne. Fosterföräldrarna väntade besök av henne ibland, men då dök hon inte upp. Det är klart att jag blev besviken, samtidigt som fosterföräldrarna predikade om vilken dålig mamma hon var. Det är något man inte vill höra som barn. Man fick mer skuldkänslor på grund av att man trodde det var vårt fel att hon inte hälsade på.

Kapitel 4

Våra biologiska föräldrars relation byggde på någon slags hatkärlek, vilket gjorde det svårt för dom att vistas ensamma med oss. Men en månad senare besöker pappa oss, tillsammans med socialtjänsten, och uttrycker önskemål om att han med mamma tillsammans få besöka mig och min bror. Fosterföräldrarna blir förvånade och säger att de hört att pappa och mamma inte ville vistas i samma rum. Mamma påstod att Martti och Mirjam, av rädsla för att vi skulle välja våra biologiska föräldrar, hindrat henne att besöka oss. Mamma påstår att fosterföräldrarna mutar oss barn och att de påverkar oss till att tycka illa om henne. Tänk så rätt hon hade. Jag blir tvungen till att försvara fosterföräldrarna, hur fel jag än kände att det var. Och det gjorde ont i hjärtat, men jag gjorde det enbart på grund av att slippa bli staffad senare. Vi skulle annars få höra skitsnack från Martti och Mirjam, där de skulle beskriva vilka socialfall och alkoholister våra föräldrar var. Så jag sa "det är bättre om mamma och pappa inte kommer på besök samtidigt". Bror min reagerade genom att gå iväg efter en stund, eftersom han tyckte att det blev besvärligt. Pappa sa att han tänkte framföra till familjerätten om vad han ansåg vara sant.

1982 började jag och min bror i en ny skola. Det var min min bror som framförallt fick nya kamrater och trivdes i skolan. Jag å andra sidan hade större krav från fosterföräldrarna och hade inte samma möjlighet att leka fritt med kompisar.

Jag gick i musiksskolan och blev tvungen att visa upp vad jag lärt mig, för att det skulle se bra ut utåt när socialtjänsten i Enköping kom på besök och för att dölja det som hänt innan. I och med att jag var tvungen att bli vuxen tidgt så började jag mer och mer protestera mot den fysiska och psykiska misshandeln samt övergreppen. Jag var då 12 år gammal. Någontans ifrån hade socialen ändå fått information under vintern att min bror och jag hade fått hård uppfostran, såsom slag och hot om flytt om vi inte skötte oss i hemmet. Socialen hade diskuterat om att tillsätta en hemterapeut i familjen, men fosterföräldrarna ville ta hand om problemen själva! Så då lovade bara socialen att stödja Martti och Mirjam i deras vardag. Man lade locket på – det blev ingen insyn och vi hade ingen möjlighet att komma till tals. Inte då heller.

Det förekom en rivalitet mellan våra biologiska föräldrar och våra fosterföräldrar. Pappa och mamma ville inte ge upp oss, i tron att vi någon dag skulle få flytta hem igen. Detta mynnade ut i att fosterföräldrarna drog det längsta strået och vann – allt umgänge med vår biologiska mor upphörde och kontakten med pappa avtog. Under vår vistelse hos fosterföräldrarna har de på ett aktivt sätt hjärntvättat oss med psykiskt och fysiskt manipulation, så att min bror och jag blivit påverkade till att leva i deras värderingar och normer, till exempel med folkdans, finsk musik och scouting. De perfekta barnen lyder alltid de vuxna. Utåt sett var vi den perfekta famljen. Vi var till och med med i lokaltidningen i ett repotage om hur fosterföräldrarna tog hand om oss på ett prickfritt sätt. Hur kan det vara möjligt att man kan manipulera omgivningen så pass att ingen upptäcker brott? Vi hoppades att det en dag skulle hända något som gjorde att väggarna rasar ihop och att alla kunde se hur vi hade det.

Nu var både jag och min bror utrustade med musikinstrument och gick i musikskolan. Jag med dragspel och min bror med fiol. Vi blev tvingade till att spela varje dag och varje kväll i våra rum, tills man kunde en viss del av musikstycket. Annars fick vi fortsätta tills vi kunde det eller att fosterföräldrarna tyckte att det dög. Vi fick ändå inte gå ut och leka som andra barn. Om vi var ute och lekte så hann vi ändå inte leka eller umgås färdigt, då vi hade en tid att passa och det gällde att inte komma hem för sent. Kom vi för sent så fick vi utegångsförbud. Vi gick alltid efter fosterföräldrarnas klocka, oavsätt om den gick någon minut fel eller inte. Det var den som gick rätt enligt dem.

Denna punktlighet har grannarna bekräftat för mig nu när jag är vuxen. Jag har även träffat flera personer som bodde på samma område som oss, eller bekanta till fosterföräldrarna. De har förklarat för mig att ingen vågade anmäla det dom såg. En del personer hade inte bevis medan andra har varit på besök och sett en del av de fysiska och psykiska övergreppen. När socialen kom på besök så såg det ut som att vi var väluppfostrade. Enligt socialen så hade Martti och Mirjam blivit tryggare som fosterföräldrar och det fanns inte samma oro som innan. Så sjukt.

Allteftersom hade fosterföräldrarnas önskan om adoption kommit fram, då de önskade sig ett *eget* barn. De har under en längre tid haft tankar på en återflytt till Finland, men som tur var så kämpade våra biologiska föräldrar emot så att flytten inte blev av. Mycket på grund av att vi, som tur var, inte blev adopterade. Frågan hade tagits upp av fosterföräldrarna flera gånger men våra biologiska föräldrar kämpade emot. Annars hade det varit kört!

När adoptionen av en liten pojke från Asien gick igenom och han anlände till fosterfamiljen så blev min brors och min situation inte bättre. Vi blev mer pressade och hårt hållna inom de fyra väggarna. Pojken från Asien var ju deras biologiska barn vilket Martti och Mirjam påpekade och visade mer tydligt med både nedväderande ord och fysisk våld. Vi var bara *fosterbarn* och deras *pass-upp*, utan framtid. Detta är inte pojkens fel och vi skyller absolut inte på honom. Det är inte hans fel att fosterföräldrarna inte förstår bättre.

Under flera års tid efter adoptionen har problemen ökat, även för min bror som nu hunnit bli tonåring och börjat säga emot allt onormalt våld vi utsatts för. Min bror berättar och bekräftar:

–"Värst var väl inte alla slag och misshandlar, med både hopprep och andra tillhuggen som knivar, saxar, hängslen, bälten, björkris medmera".

Det var nog den psykiska nedtryckningen som var värst – sättet på vilket de gjorde att man inte kände sig värd något och känslan av att man aldrig skulle bli något. Att stå i något hörn i timmar när det kom folk på besök. Det var konstigt att folk inte reagerade. Det blev inte bättre av att de som visste och såg inte gjorde något. Man vågade ju inte personligen berätta för någon heller, varken våra biologiska föräldrar, socialtjänsten, grannar eller bekanta. Utåt sett var dom de perfekta föräldrarna som uppfostrade oss till de mest exemplariska barnen. Barn som satt raka i ryggen på varsin stol som prydnadsföremål, utan att tala förrän vi blev tilltalade. Eller som följde våra nya föräldrar, likt hundar, vartefter de förflyttade sig på festliga sammankomster. Vi följde dem som vi blivit agade till att göra. Det var med sorg i hjärtat jag såg de andra barnen leka och springa omkring eller gå i väg till fikabordet och ta för sig av alla goda bakverken som frestade. Men vi stod lydigt kvar för vi visste att vi skulle bli bestraffade dubbelt upp när vi kom hem, med utegångsförbud, stryk eller skamvrån.

Det var bara finsktalande umgängen allt kretsade kring. Det var bara någon enstaka svensktalande familj som dög till herrskapet. Det fanns aldrig någon glädje för mig och min bror med de här festerna och det var med sorg i hjärtat jag insåg att vi inte var som andra barn. Vi var fostrade i stenhård disciplin. Jag ville så gärna leka med de andra barnen, som barn gör, men visste att jag skulle få ett helvete när jag kom hem ifall jag gjorde det.

Skamvrån är en uppfostringsmetod där ett barn med oönskat betéende placeras i ett hörn under en tidsperiod. Metoden har succesivt blivit allt mindre vanlig under 1900-talets gång. Men vi levde ändå på 70-, och 80-talet och framåt hos fosterföräldrarna och i mina ögon omfattas skamvrån av det generella förbudet mot kränkande behandling av barn som infördes 1979 i Sverige. Detta gällde inte i skräckhuset som vi blev placerade i som fosterbarn. Hur kan man ens tänka tanken på att ställa barn i skamvrån?! Vad har fosterföräldrar för rättigheter att kränka mig och min bror med bestraffning. Är det att visa kärlek – att bestraffa med skamvrån?

Barn gör fel ibland. Min bror och jag gjorde det också, men det beror snarare mest på att vi inte fick en chans att lära oss hantera de sensoriska nervinpulserna. Präglingen av olika beteenden sker periodvis under trotsåldern och tonåren och då blir de flesta barnen extra stökiga. Det tillhör utvecklingen. Vi ville bara bli älskade, tagna på allvar, bli hörda och bli bekräftade som individer. Men istället blev vi bestraffade och ställda i skamvrån utan att ha fått förklarat för oss varför. När vi väl fick chansen att förklara oss, så var vår föklaring fel. De hade alltid rätt!

När vi stod i skamvrån kom fosterföräldrarna förbi då och då för att försöka tala oss till rätta. De frågade oss om vi hade ångrat det vi hade gjort, när man oftast inte ens visste vad man hade gjort för fel eller fick någon förklaring till vad som var problemet. Vi skulle be om förlåtelse för något som egentligen inte var något större problem. Tomrummet i själen ekar och den skriker för att få kontakt, till vilket pris som helst!

Hämndkänslan har funnits hos mig. Jag vet inte hur många gånger jag har planerat min fosterfars död. Han är inte ens värd att få kallas fosterfar Martti. Det är vad jag kan kalla honom. Eller bara "han". Jag har i alla fall ett flertal gånger planerat hans död, såsom att sticka kniven i honom medan han sover. Men jag var så rädd att han skulle vakna. Han var ju så mycket starkare än mig, som bara var ett barn. Jag tänkte att om jag satte eld på huset så skulle de dö och jag skulle slippa ur detta helvete. Men då skulle jag först behöva rädda min bror i huset. Och katten! Jag ville inte de andra något ont och även om jag var så liten så förstod jag att det skulle vara riskfyllt. När alla uppslag till att bli av med honom blev omöjliga, såg jag bara den enda utvägen att ta mitt eget liv. Men så någonstans fick jag alltid tillbaka styrkan. Jag ville inte att de skulle få nöjet att ha knäckt mig såpass att jag skulle ta mitt liv. Jag beslutade mig för att stanna innanför dessa fyra väggar och fortsätta kämpa i detta helvete. Det var en fruktansvärd ångest, dag som natt. Det fanns till synes ingen utväg men jag hade blivit duktig att dölja det så gott jag kunde. De var våra nya föräldrar. Vi var placerade här och det fanns ingen annan utväg. Vi var instängda med dem och de kunde göra vad de ville med mig och min bror. Ingen kunde någonsin hjälpa oss.

Senare, när jag var gammal nog att gå på krogen, så gick jag fram till en person som tillhörde den kriminella nätverket Hells Angels. Jag frågade honom om han kunde utföra ett uppdrag åt mig, men jag ångrade mig innan jag hunnit tala om vad uppdraget bestod av. Jag har dock pratat med fler ligor efter det och en person ville ta på sig uppdraget att skrämma dem så till den grad att de aldrig mer skulle våga behandla någon så illa igen. Jag avslöjade några få saker som fosterföräldrarna gjort emot mig, men uteslöt det värsta. Men någonstans förstod han nog, för han blev väldigt arg. Inte heller den här gången lät jag det bli allvar.

Kapitel 5

Min bror berättar att skolan var den enda platsen han kunde fly till och känna lugn. När han sedan kom "hem" var det samma procedur – städa, diska och gå på musiklektioner som man inte ville gå på. Han hade minimalt med fritid och hans kompisar förstod aldrig varför han inte fick gå ut och leka som alla andra barn fick göra. När man väl fick gå ut, så var det någon timme. Och kom man för sent fem minuter så blev det utegångsförbud direkt och några slag, eller något annat sjukt man fick som bestraffning. Oftast stå stilla i ett hörn så man knappt orkade stå på benen längre. Det var trakasserier från morgon till kväll.

När vi diskade så kom de och granskade glasen. Alltid hittade de fel. De sa att vi fick diska igen och om jag protesterade så fick jag straff, stryk eller stå i ett hörn i flera timmar eller utegångsförbud. Det bästa var att diska om. Det gällde att bita ihop och tiga, vilket inte alltid var lätt. Det kunde också vara så att vi ställde kaffekopparna på bordet med, som de uttryckte det, *fel attityd.*

Vi blev utsatta i skolan också. Jag blev retad, utfryst och mobbad för att jag var annorlunda. Inte så konstigt egentligen, för hur kunde de i klassen veta att jag inte fick vara ute med andra ungdomar efter skolan, var tvungen gå hem och städa och göra läxor och fick gå annorlunda klädd. Vi fick inte bestämma själv hur man skulle se ut. Det kom en bekant till huset och klippte mitt hår mot min vilja, då vi inte tilläts att gå till frisören som många andra. Jag ville ha längre hår som alla andra hade i årskurs sju, åtta och nio. Men det fick jag inte! Jag såg hemsk ut i håret. Det såg inte ens ut som en frisyr. Så kortklippt och fult!

Vems fel var det? Inte vårat i alla fall! Man passade aldrig in. Men det är klart, det finns alltid personer som har det värre än vi. Det finns de som inte överlever.

Det fanns personer i min klass som ibland hjälpte mig. De försvarade mig mot andra som inte förstod. De som försvarade oss gjorde det för att de förstod hur vi hade det. Dessa personer är jag evigt tacksam.

En vinter när det var 15 minusgrader ute så blev min bror tvungen att springa ut i bara shorts och strumpor. Martti jagade honom för att kunna ge honom stryk. Bror sprang iväg så fort han kunde. Men det var så kallt så till slut stod han ute och frös och fick inte komma in. Så han sprang runt till andra områden men var slutligen tvungen att gå tillbaka för att inte frysa ihjäl. Min bror vågade inte ta hjälp av någon granne. Han skämdes och gick tillbaka. Då var Martti helt galen och antagligen rädd att bli anmäld om min bror hade ringt på hos grannen. Min bror var så stelfrusen att han inte kunde röra sig. Men istället för att vara rädd om honom så skrek Martti, tog tag i honom släpade in honom i en kokhet dusch.

Martti stängde igen dörren till duschkabinen och vägrade släppa ut honom på ett bra tag. Det var nära att bli riktiga brännskador på huden. Det blev blåsor på kroppen och förbud att gå till skolan.

En annan gång fick min bror stryk med hopprep. Han hade djupa långa märken på ryggen. Det var de enda gångerna vi slapp vara med på gymnastiken, då det blev märken på våra kroppar efter deras uppfostringsmetoder. Det var enda gången vi fick vara *sjuka* från skolan, när Martti eller Mirjam orsakade skador på kroppen som syntes. För det syntes ju när vi hade gymnastiklektioner, skulle duscha eller byta om på badhuset. Vi var de perfekta barnen utåt men inombords var vi trasiga.

Nästan varje söndag var vi tvungna att följa med till kyrkan för att få våra synder hörda och förlåtna. Jag undrar just vems synder fosterföräldrarna egentligen tyckte vi skulle be om. Söndagsskola var något vi var tvungna att gå på samt läsa högt ur Bibeln när det var storhelg. De tvingade oss att sitta och lära oss verser i Bibeln utantill. I två timmar kunde vi bli tvingade att sitta still och memorera verser. Helst skulle vi kunna vissa delar utantill så att vi inte fick utegångsförbud.

Kapitel 6

Våra förhållanden ändras radikalt under åren. I samband med en sen ankomst den 4 oktober 1987, runt ett-tiden på natten efter att jag och med min pojkvän besökt bekanta på samma ort, visade Martti sitt hotfulla uppträdande. Han stod gömd i hallen och väntade in mig. När jag låste upp dörren och försökte smyga in tyst tog han tag i mig, drog mig i håret och örat och kastade ut mig ur huset. Han hann ta husnycklarna ifrån mig och sa "du är inte välkommen här mer!". Jag blev överrumplad och chockad. Hela kroppen skakade. Det kändes som om kroppen inte löd mig och benen kändes som bly, men jag tänkte *rädda dig själv, gå nu och kom aldrig mer tillbaka. Skynda dig nu innan han kommer tillbaka och tvingar dig in i huset igen.* Jag försökte styra kroppen framåt till närmaste bekant som jag kände trygghet till. De bodde på tredje våning i ett hyreshus. Jag kastade småstenar för att de skulle vakna. Jag ropade. Till slut kom mina bekanta ut på balkonen. De hjälpte mig att kontakta min pojkvän som bodde på andra sidan av staden. De tog mig dit och jag övernattade hos honom tills det hade ordnats med ett tillfälligt boende.

Hade jag inte gått den här kvällen så hade vi aldrig kommit bort ifrån huset. Det kändes inte bra att lämna kvar min bror hos fosterföräldrarna, men innerst inne visste jag var tvungen att rädda mig själv för att en dag komma tillbaka för att hämta min bror. Det hade jag bestämt den dagen då jag gick, för att aldrig mer återvända. Jag vet att jag sade till mig själv: –"Nu går jag och det är det enda rätta". Men ändå kändes benen tunga som bly. Varje steg jag tog var en ansträngning. De borde vara lätta. Jag borde springa på lätta fötter, men min bror var kvar i huset. Detta skräckhus, där ingen människa ville sticka in huvudet och se sanningen i vitögat. Jag skulle lämna min bror där och kunde ingenting göra för att rädda honom därifrån nu. Jag var utkastad och hade därmed fått en viss del av frihet. "Kära bror, jag lovar att hämta dig senare", intalade jag mig själv. Jag visste att han skulle bli straffad på grund av mig. Ändå gick jag för det fanns inget annat val. Jag hade träffat min kärlek. Hade upptäckt ett annat liv utanför detta skräckens hus – ett liv som var helt annorlunda än det jag var van vid.

Detta uppträdande av Martti avslöjade en mycket allvarlig relationskris som Mirjam inte kunde klara av. Under en tid hade Martti ofta rent hysteriska utbrott där min bror bestraffades med långa extrema tider av utegångsförbud och bestraffningar. Skulden gick ut över honom när det egentligen handlade om Marttis och Mirjams egna relation, Marttis otrohet, våldsamhet när han hade druckit alkohol och när han inte kunde behärska sin ilska utan det gick ut över andra. Det var också väldigt synd om adoptivsonen, som i min mening inte heller fick någon som helst normal uppväxt.

Efter händelsen så ville jag ha socialtjänstens medverkan till att hämta mina kläder, min cykel, andra tillhörigheter och mina kära dagböcker. I dessa hade jag skrivit ner en hel del om missförhållanden som hade pågått och som pågick i huset. Jag hade skrivit om vårt liv och dessa kunde användas som bevismaterial i framtiden, men dessa böcker fick jag inte tillbaka. Jag hoppas fortfarande på att de finns kvar i huset och dom inte är uppbrända. Jag fick höra av grannar att fosterföräldrar hade stått ute på bakgården och eldat upp våra saker. Detta har inte blivit bekäftat än idag, så jag vet inte om det är sant eller inte. Böckerna är ju en del av min själ och tillhör mig. Dessa skulle förmodligen underlätta för min del genom att fylla ut vissa minnesluckor som jag har då jag inte kommer ihåg allt. Dagböckerna skulle även vara ett stöd för min bror.

Socialtjänsten kommer till huset för att hämta mina tillhörigheter. Martti uppträder lungt och sakligt vilket i min mening tyder på att han har en allvarligt störning, då det inte finns en antydan till reaktion. Med Mirjam går det inte att ordna ett samtal med. Hon är fylld av bitterhet mot mig och anklagar socialtjänsten som är närvarande att de vill göra mig till ett *socialfall*. Hon vägrar att lämna ut några av mina tillhörigheter. Hon kräver att jag själv ska komma till huset och göra avbön innan hon lämnar ut några ägodelar. Socialtjänsten noterar att "hon uppträder mer eller mindre skrikande och allmänt anklagande". Då fosterföräldrarna får besked om att jag hellre tar livet av mig än återvänder till skräckhuset blir Mirjams beteende ännu mer obalanserad. Hon förstod väl i denna stund att hon inte kunde styra mig längre och kan inte tvinga mig att återvända. Hon kunde inte kontrollera mig längre! Men hon själv blir kvar i ett äktenskap som inte är bra och som gör henne bitter. Hon vågar inte ta steget ut i friheten och ta makten över sitt eget liv. Mirjam är van vid den relationen som de har. Det är tagiskt på något sätt, men det är inte mitt problem!

Hon vägrar som sagt lämna ut några tillhörigheter. Inte ens underkläder fick de med sig. Jag försökte få socialtjänsten att ta med sig saker som jag fått av våra biologiska föräldrar samt mitt bevismaterial dagböckerna. Men Mirjam påstod att Martti hade gömt dem eller att jag hade tagit med dem själv vid något tillfälle. Då socialtjänsten inte finner ett fortsatt samtal meningsfullt lämnar de huset. Efteråt har jag hört av ögonvittnen från personer i villaområdet att fosterföräldrarna eldat upp en del kläder på baksidan av huset.

Jag placerades hos en stödfamilj. Det var samma familj som jag kontaktade natten då jag blev utslängd. Senare ordnades en egen lägenhet av socialtjänsten, med översyn av stödfamiljen. Denna familj blev en del av mitt liv tills jag blev myndig och kunde klara mig själv. Vid tillfället var jag 17 år. Efter det gick allt bättre för mig, men sorgen för att ha lämnat min bror i skräckhuset skulle alltid finnas där – varje dag tänkte jag på vad han fick stå ut med, så länge han var kvar hos fosterföräldrarna.

Kapitel 7

Efter gymnasiet började jag jobba som undersköterska. Jag fortsatte ha kontakt med min bror då han besökte mig i smyg eller med en snabb visit efter skolan. Annars skulle han få utegångsförbud eller värre straff. Jag fick också en nära kontakt med vår biologiska pappa igen som nu även blev förmyndare för mig, då jag ännu inte fyllt 18 år. Det var en märklig situation när man tänker att vår pappa knappt fick ha någon som helst relation med oss för socialtjänsten, och nu fick han bli min förmyndare. Det känns som att socialen insåg sina misstag då de placerade min bror och mig i fel familj utan att ha gjort, i min mening, en grundlig undersökning. De ville rätta till för sitt eget dåliga samvete eller var rädda för att någon skulle anmäla dem till familjerätten. Möjligtvis hade de inte någon som helst koll på situationen, och då tycker jag att man ska göra en polisanmälan om felbehandling om det framkom att man har varit utsatt som barn. Det ska kunna göras förbättringar inom socialtjänsten och myndigheter, för de har ett jättestort ansvar över människoöden –framförallt barns.

Det råder ingen tvekan om att också min bror mått dåligt av den kris som uppstått efter att jag kastades ut ur huset. Då han redan innan var nedtryckt och svag över livssituationen i huset så går det nog inte föreställa sig hur han mådde efter denna händelse. En omplacering av min bror, till en annan familj eller boende, har diskuterats mellan fosterföräldrarna och socialtjänsten. Fosterföräldrarna ansåg att det inte fanns hopp om normalisering av förhållandet mellan dem och min bror. En bra fråga är vad normalisering ansågs betyda enligt fosterföräldrarna.

Under hela året 1988 har kontaktpersonen och de sociala myndigheterna gjort flera besök i hemmet, då de anser att en separation mellan mig och min bror skulle kunna skada honom allvarligt. Skada har säkert redan skett. Jag anser att socialtjänsten borde ha hjälpt min bror att flytta från *skräckhuset* i och med att jag blev utslängd därifrån. Min bror hade blivit skadad av fosterföräldrarnas agerande och han hade en stor sorg över att jag inte fanns där för att stötta honom. Under hela vår uppväxt har min bror och jag vuxit upp under samma tak. Vi har funnit någon slags styrka och trygghet i att vi har haft varandra. Jag har alltid funnits där som storasyster och min bror har mer eller mindre sett mig som sin extra-mamma. Aldrig tidigare har vi varit ifrån varandra under så här lång tid.

Kapitel 8

En kväll i juni skulle min bror ha varit hemma kl.21.00 men kom hem tio minuter för sent, och straffades med två månaders utegångsförbud. Min bror upplevde sommaren som "förstörd". Tiden efter det att jag kastades ut har varit odräglig. Vad min bror än gjort så har det varit fel. De har kritiserat och pekat på allt, under hotfull sarkasm. Vad min bror än har försökt göra så har det varit fel. Så han fick göra om och om igen, exempelvis städning, disk, ta ut sopor, dammsugning, hur han sätter kaffekopparna på bordet i negativ anda. Som att bli jagad med piska hela tiden. Med stor regelbundenhet har han fått höra elaka och negativa omdömen om våra biologiska föräldrar. – "Alla i pappas släkt är pisshuvuden.", säger min bror till mig. I samband med sådana omdömen har de sagt att de ångrade sig att de "någonsin tog sig an ungarna och gav dem mat och husrum". De psykiska trakasserierna, nedtryckningarna och regelrätta slagsmålen med tillhuggen och knytnävar fortsätter.

Denna kväll i juni försökte Martti att ta tag i min bror för att därefter kasta ut honom, men lyckades emellertid inte då min bror försvarade sig. Vid flera tillfällen har han fått stryk med hopprep, blivit hotad och rispad med kniv. Han har även fått rivmärken på handlederna då Martti och Mirjam gett sig på min bror på olika sätt. Jag misstänkte att livet för min bror skulle bli värre i skräckhuset, för han skulle få ta smällen för situationen som uppstått. Därför lämnade jag en nyckel till min bror, så att han i händelse av bråk skulle kunna ta sig till min lägenhet. Denna nyckel hade Mirjam lagt beslag på så fort hon, på något vis, hade fått veta att jag försökte hjälpa honom. Hon hade krävt att han skulle återlämna nyckeln till mig.

Fosterföräldrarna förbjöd honom att prata i telefon med någon för att förhindra att någon skulle upptäcka hur de behandlade honom. Detta gällde framförallt vår biologiska pappa, som försökte ring upp för att få veta hur min bror mådde. Han var förmodligen väldigt orolig över sin sons hälsa. Då min bror försökte ringa ut så avlyssnade Mirjam hans telefonsamtal i en annan telefon.

Under samma kväll fick förmyndaren ett telefonsamtal från Martti, som berättar att han informerat min bror att de förberett hans flytt genom att ta kontakt med ett pojkhem i Sala där Martti och Mirjam har ordnat en plats för min bror. Fosterföräldrarna tog saken i egna händer! Jag kan tycka att det är märkligt att de huvudtaget tog sig tid att kontakta förmyndaren inom socialtjänsten för att berätta att de inte ville fortsätta ta ansvar för honom. Som om det inte var nog lidande för min bror så hittade fösterföräldrarna på en historia att min bror misshandlat deras adoptivson. Enligt Mirjam så hade min bror satt "klorna i honom", vilket inte alls stämde. Jag skulle inte bli förvånad om det kom fram att de själva har gjort honom illa, som någon slags hämnd för att min bror inte längre gick med på all misshandel. Enligt Martti och Mirjam var det lättare att skylla på honom för att på så sätt få honom bortplacerd.

Min bror orkade inte längre och lämnade *skräckhuset* samma kväll. Han kom hem till mig i min lägenhet. Det är ju inte så konstigt att han gav sig iväg till den enda trygga platsen han kände till. Det var en fruktansvärt jobbig process som min bror gick igenom och han ville verkligen inte hamna på ett pojkhem. Han var livrädd.

Det ordnade sig för min bror den där kvällen i juni 1988. Min bror blev faktiskt omhändertagen av min svärmor och svärfar. I den familjen fanns också deras dotter som då var 11 år. Det vill sig så väl att de bodde i samma hus och trappuppgång som jag och min pojkvän, som idag är min äkta make. Båda makarna arbetade och de bodde i en fyrarumslägenhet. Till deras intressen hör ett omfattande friluftsliv i skog och mark, samt ett intresse för trädgårdsarbete och odling. Familjen har en relativt stor kontakt med respektive syskon och föräldrar. Det är uppenbart att de bryr sig om min bror och att de genom mig ganska länge följt våra förhållanden i det tidigare fosterhemmet. Vid hembesök av socialtjänsten hos min brors nya familjehem så är min bror mycket verbal och berättar i påtagligt positiv anda om sitt "nya hem". Han är mycket positiv till omplaceringen och har på en ganska kort tid blivit förändrad till sitt sinneslag. Han verkar trivas med sig själv och sin situation. Han visar stolt upp sina skolbetyg och berättar att det plötsligt blivit roligt att läsa läxor igen, då han ofta får höra positiva omdömen från sina "nya föräldrar" och lärare. Vi samtalar ganska ingående om det som hänt i det förra fosterhemmet. Min bror är inte intresserad av de tidigare fosterföräldrarna. –"Jag vill fan bara se framåt.", säger han.

En dag 1989 så träffar kontaktpersonen från socialtjänsten min bror och de spenderar en heldag tillsammans. Detta görs för att få en uppfattning om hur han har upplevt den radikala förändringen som flytten till ytterligare ett fosterhem inneburit. Syftet är att lära känna min bror bättre. Så de reste till Dalälven, intill Gysele, där de fiskade tillsammans. Resultatet uteblir men det är dock ett bra tillfälle för min bror att få prata om hur han haft det under sin uppväxt i nya familjehemmet. Han är mycket pratsam och ger en bra bild av sig själv och sin situation. Min bror är mycket glad över att omplaceringen gått så bra. Han uppehåller sig mycket vid de negativa som hänt i *skräckhuset* och det som hände i samband med flytten. Det enda som framstår som ett problem för honom själv är att han inte lyckats få något sommarjobb, samt att han inte fått något besked om fortsatt utbildning till hösten.

Fostermamman i nya familjen berättade att när det hände något där min bror råkade göra något litet fel, som egentligen inte var något fel utan mer en osäkerhet på vad han kunde och inte kunde göra, så blev han livrädd att han skulle få stryk. Man såg skräcken i hans ögon. En gång då min bror var ute och åkte moped blev han blev påkörd av en bil i en korsning och det hela kunde ha gått riktigt illa. När han kom hem efter olyckan så vankade han fram och tillbaka hemma hos den nya familjen innan han vågade sig för att berätta för fostermamman vad som hade hänt. Min bror var inte van vid att någon frågade om hur han mådde, vare sig överlag eller eller vid en olycka. Vi hade varit vana vid att få utegångsförbud och bestraffning. Så han blev nog förvånad när fostermamman frågade om han hade gjort sig illa, som normala föräldrar gör. Denna kontrast bekräftade också det vi själva har hela tiden vetat, men som inte andra har observerat.

Jag tror att min bror hade behövt prata med någon opartisk person, med kunskap och professionell rådgivning, om det hemska som hade hänt oss under vår uppväxt. Det känns som när det väl sattes in resurser så är det alldeles för sent. Alla är olika som individer och har olika förutsättningar och insikt för att ta tag i sina problem. Även i situationer där du själv inte har orsakat problemen, som i vår situation. Man har fullt upp med att försöka överleva och se framåt i en ny fosterfamilj, i vilken min bror försökt bygga upp sitt självförtroende och tillit till nya människor.

När min bror fyllde 18 år så gick han ut verkstadsteknisk linje på gymnasiet och flyttade till en egen lägenhet. För att få hjälp med ekonomin, nu när han bodde själv, så följde fostermamman med min bror till socialtjänsten i Enköping. Socialtjänsten resonerade så att de inte hade något ansvar över honom som fosterbarn i Enköpings kommun och kunde inte hjälpa honom. Svärmor blev irriterad och sa till den kvinnliga utredaren: –"Det är konstigt att en del invandrare som kommer till Sverige får både pengar och lägenhet! Då är de inga problem! Men vårt fosterbarn får inte den hjälpen som han behöver". Den kvinnliga socialarbetaren blev upprörd, reste sig upp och gick iväg. Fast han hade bott i Enköpings kommun i nästan hela sitt liv så kunde de inte hjälpa honom, utan han fick vända sig till Hallstahammars kommun som hade haft ansvaret för fosterhemsplaceringen från början för mig och min bror. Till slut fick han hjälp av kontaktpersonen Keijo Piirainen som hade varit övervakare till pappa. Han hade hjälpt oss hela vägen, från när vi var små tills vi blev 18 år. Till slut fick min bror en ny start i livet och ett fast jobb. Idag har han fyra fina barn.

Kapitel 9

Jag och min man fick en dotter 1989. Då blev vi föräldrar och vi skulle bygga en familj. Det var också då min process med det förflutna började. Dagligen blev jag påmind om hur svår uppväxt jag och min bror hade haft. Allt kom upp på ytan på olika sätt och i olika situationer. Jag upptäckte då att jag inte hade bearbetat allt det som jag hade varit med om. Det är tur på ett sätt att jag kom ihåg det förflutna, för att kunna handskas med känslorna som kom upp till ytan och det som jag tidigare hade förträngt. Många människor minns inte det som har hänt och kan då inte bearbeta känslorna som bara finns där i själen och kroppen. Känslor som dagligen påminner en om att man mår dåligt, men som inte förklarar varför man mår dåligt.

Men det var efter att vår son föddes 1992 som min familj började umgås igen med fosterföräldrarna. Egentligen var det av en slump då min man träffade Martti i affären och de pratades vid. Min man undrade –"Hur länge ska det här pågå?". De beskyllde mig och min bror för det som hadehänt. Enligt dom var det vårat fel och låtsades som om vi inte hade existerat. Jag tror att min man ville väl. Vi trodde väl också att fosteförälrarna hade tänkt igenom sina handlingar och lärt sig något av hur de hade behandlat oss under vår barndom och uppväxt. Innerst inne var jag emot hela situationen och emot att börja umgås igen. Både kropp och själ skrek "Nej!".

Men jag vet inte vad vi tänkte eller hur/vad jag kände och tänkte. På ett vis var jag fortfarande kuvad, hjärntvättad och känslig. Jag hade inte bearbetat allt som hade hänt och inte hunnit bygga upp mitt självförtroende att kanske möta fosterföräldrarna någonstans. Vi bodde ändå i samma stad. Så jag tänkte att de kanske kunde ha förändrats, och nu när vi hade fått barn så kunde situationen bli annorlunda. Jag kände mig i alla fall starkare! Jag gav detta en chans, men egentligen – varför? Det är en bra fråga. För att jag fortfarande har tron på att människan kan förändras.

Vi umgicks ett tag som om ingenting dåligt hade hänt i vår barndom. Ingenting blev nämnt, men jag var på min vakt hela tiden. Jag var nervös och hakade upp mig på saker som sades. Jag kände frustation och irritation och höll hårt koll på våra barn. Jag hade stenkoll på vad som hände hela tiden. Något som jag hade blivit tvungen till att göra – jag hade blivit en kontrollperson! Fosterföräldrarna nässlade in oss i någon tro om att de skulle ha ändrat sitt betéende. De köpte saker till våra barn och skämde bort dem med massa saker när vi var över och hälsade på. De gjorde dock skillnad på vår dotter och son. Vår son verkade vara mer värd och hur dom bemötte honom var helt annorlunda. Fosterföräldrarna tyckte att pojkar var mer värda än flickor, vilket jag lade märke till och försökte parera det hela när jag märkte det. Min man och jag ville att våra barn skulle ha jämnställd uppfostran och båda barnen ska ha lika värde oavsätt kön. Jag tyckte egentligen att det var sjukligt på något sätt, och jag kan inte riktigt förklara vad som gjorde att jag kände obehag. Det kändes som om de tog över och försökte få våra barn tycka mer om dem än oss. Som om de ville få våra barn att vända sig mot mig/oss och att våra barn skulle bli osams med varandra. Det fanns en röd råd i det jag minns det min bror och jag hade varit med om – att de försökte splittra oss genom att försöka få oss att skvallra på varandra. För vi var starka tillsammans. Likadant var det med våra barn – de var starka tillsammans.

Vi umgicks några år och under den tiden hände det flera gånger att Martti blev upprörd över att jag inte hade samma synsätt och åsikter som honom i saker vi diskuterade om. Jag sade emot och höll inte med i allt som de tyckte var rätt. Jag hade en egen vilja som Martti inte kunde acceptera och han kunde oftast inte släppa tanken på att jag faktiskt kunde ha rätt. Han ältade istället sakfrågan tills någon av oss tröttnade och blev irriterad, tills han skulle få sista ordet. Då skulle jag vara tyst och svälja min åsikt, även om jag hade rätt. Han ville sätta mig på plats. Enligt honom had kvinnor alltid fel , och han hade alltid rätt. Mirjam vågade inte säga emot utan tyckte alltid att vi skulle glömma och gå vidare, som om ingenting hade hänt. Hon gömde sig bakom Marttis rygg och "sopade allt under mattan". Detta var ett maktspel från deras sida.

Jag började starkt känna att detta inte var rätt – fosterföräldrarna kommer aldrig att ändra sitt beteende. Varför skulle jag umgås med dessa människor och lägga ned energi i relationer som inte ger någonting? Varför, när jag vet att de aldrig kommer att erkänna sina misstag eller be om förlåtelse för det de har gjort mig och min bror? Detta trauma som vi får bära med oss resten av livet. Varför utsätta min man och våra barn för denna fortsatta behandling? Jag kände att jag hade blivit starkare, men jag höll tyst för att det skulle förbli lugn och ro. För att jag visste att det inte leder till något gott att säga emot, trots att jag visste att jag hade rätt. Jag är, och har varit, mer vuxen än fosterföräldrarna någonsin kommer att bli.

Men så en kväll hände det som jag under en längre tid hade känt på mig skulle hända. Vi var bjudna på middag. Min man och jag kom hem till fosterföräldrarna och vi hade våra barn med oss, vår son var 3 år och dottern var 6 år. Som så många gånger tidigare under middagen så blev det en diskussion mellan Martti och mig. Han skulle då övertyga mig om att han hade rätt och skulle sätta mig på plats. Under en längre tid hade jag byggt upp och stärkt mitt självförtroende och kände att jag inte kan sjunka till hans nivå och bara hålla med bara för husfridens skull. Allt kändes så falskt och patetiskt. När jag sedan sade emot honom så blev han helt rasande och hotade med att om jag inte gav mig så var vi inte längre välkomna till deras hus. Vi hade ingenting där att göra. Han reste sig från bordet och blev mer och mer aggressiv i sitt beteende. Han motade oss mot ytterdörren. Våra barn blev rädda och började gråta. Det blev en kaotisk situation. Detta ledde till att Mirjam, som alltid, försökte släta över situationen och tog tag i vår son och tröstade och sade "det ordnar sig". Vår dotter brydde hon sig inte om. Där stod hon bredvid när vi försökte parera, lungna ner situationen och ta på oss ytterkläder och skor. Vi tog med oss våra gråtande och rädda barn och backade ut ur huset. Mirjam tyckte väl att vår dotter var tillräckligt stor och skulle klara sig själv, fast hon stod där och grät. Min man hade fått nog och ryckte in och förvarade mig och barnen. Jag själv var så upprörd och förbannad på mig själv, då jag egentligen innerst inne hela tiden hade vetat om att vi inte skulle kunna umgås med fosterföräldrarna igen. Samtidigt var jag var förbannad på att fosterföräldrarna kunde fortsätta med sitt beteende och att ingen sagt ifrån att det är inte okej. Jag fick bekräftat att vi inte behövde umgås med dessa människor något mera. Det som inte var bra är att våra barn fick uppleva detta. De kommer fortfarande ihåg händelsen, fast de nu är vuxna. Men de minns som tur inte händelsen på samma hotfulla sätt som min man och jag gjorde. Jag vet att min bror, biologiska pappa och våra närmaste vänner hade varnat att fosterföräldrarna aldrig kommer att bli bättre och de aldrig kommer att erkänna sina misstag eller erkänna våldet som de utövat mot oss. De förstod nog inte riktigt varför jag gav fosterföräldrarna en andra chans. Men de tyckte att jag var en person med en inre kraft som trodde att människor kan förändras. Denna kväll återupplevde jag samma känsla som när jag blev utslängd från huset första gången, vid 17 års ålder. Men denna gången såg jag till att aldrig mera utsätta mig och min familj för hot och våld. Aldrig mer!

Något år senare började jag gå terapi. I samtalen krävdes det att jag bemötte skräcken igen, för att visa mig själv hur stark jag hade blivit. Jag var tvungen att inse att det som hade hänt och det vi blivit utsatta för när vi var barn inte är vårat fel. Jag var tillbaka vid skräckhuset, ringde på dörren och försökte få Martti och Mirjam att erkänna allt – våld, övergrepp, psykisk- och fysisk misshandel. Men jag fick det bekräftat det jag redan visste – de skulle aldrig erkänna brotten de begått.

Kapitel 10

Åren gick och jag sökte upp mina biologiska rötter. Jag åkte till Uleåborg i Finland och träffade min släkt, både på mammas och pappas sida. Det var en känslomässig resa att träffa släkt som jag inte hade träffat sedan jag och min bror blev fosterhemsplacerade. Mamma hade jag inte träffat på 20 år. Vi blev väl mottagna och det kändes som om vi aldrig hade varit ifrån vår släkt. En del personer och platser kände jag igen och kom ihåg från när jag var liten. Min bror kommer dock inte ihåg släkten då han hade varit väldigt ung när han lämnade Finland med våra föräldrar. Våra kusiner bodde i Sverigen när vi var små, men på grund av dålig ekonomi så var de tvungna att flytta tillbaka till Finland där hela biologiska släkten bor. Det var först tänkt att vi skulle bli placerade där, hos vår biologiska farbror med familj, en kortare period.

Jag var då åtta år gammal när jag sista gången såg mamma, när jag vinkade hejdå. Jag trodde aldrig att vi skulle ses igen. Så mycket hade hänt oss båda och nu skulle jag få träffa henne igen. Känslan i hjärtat finns kvar sedan hon lämnade oss, men nu är det en mer orolig känsla som infinner sig då jag fått reda på att mamma inte mått bra och har påverkats negativt av hennes relationer till män. Så det var viktigt för mig att få träffa henne och prata om det som hade hänt. Det var också viktigt att få bekräftelse på vem hon är och vem jag egentligen är. Förhoppningsvis skulle jag få hennes synvinkel på hur vårt liv var innan allt rasade, även om vi hört berättelser från pappa, bekanta och andra släktingar om hur situationen hade sett ut. Men jag undrade ändå vem vi är mest lik – mamma, pappa eller någon släkting? Eller ingen alls? Jag hoppades på att det biologiska arvet, till exempel den kontnärliga sidan både jag, min bror och mina barn har, skulle vara starkare än den påverkan vi hade fått av den hotfulla och negativa miljön. Alkoholproblemen i vår hemmiljö har förföljt oss under hela vår uppväxt och har påverkat oss väldigt mycket. Jag önskade att alkoholismen inte skulle få övertaget hos varken mig eller min bror, för det fanns inte många nykterister i vår släkt. Varken på mammas eller pappas sida.

Det skulle vara bra att få veta vem man är, lära känna sig själv och upptäcka mera av min personlighet. För det är bara jag som kan påverka vilken väg jag väljer i livet, oavsett hur mycket hot och våld man har blivit utsatt för. Så länge man har förmågan att förstå att man kan förändra sin framtid. Mycket av det jag har varit med om som barn kommer jag inte ihåg. Det positiva är att det jag kommer ihåg kan jag berätta för våra barn, så att de i sin tur har möjligheten att förebygga och påverka sin uppväxt. Det hade funnits bra stunder även med våra biologiska föräldrar, även om vi kanske inte kom ihåg allt.

Pappa var med oss till Finland för att träffa släkten. Framförallt för att vi skulle träffa hans syskon. Det märktes först då att han hade berättat mycket om oss och hur vi hade det idag. Detta gjorde det lättare för oss att samtala om det som hade hänt oss. Vi berörde dock inte de värsta händelserna. Det kanske inget man vill prata om över en trevlig fika. Pappa träffade även mamma och det märktes hur väl de kände varandra trots att det hade gått många år sedan de sist hade pratats vid. Deras relation hade ju inte slutat väl – varken mellan dem eller oss barn. De skojade med varandra som om ingenting hade hänt och jag märkte att det fanns kärlek mellan våra föräldrar. Pappa har aldrig pratat illa eller sagt något dumt om mamma till mig, även när han har varit besviken och arg på henne p.g.a det hon gjort mot honom och oss.

Vid tre tillfällen hann pappa och jag åka till Finland tillsammans. Första gången var vi där för att träffa mamma. Andra gången åkte vi på pappas brors begravning och sista gången var vi på mammas begravning.

Vår biologiska pappa hade jag bra kontakt med och han bodde inte så långt ifrån oss. Han var väldigt omtyckt av vår familj och andra personer som han hade runt omkring sig. Hans alkoholproblem påverkade honom under större delen av hans liv likväl som det påverkade oss runtomkring. Jag tog hand om pappa och hjälpte till med flytt, ekonomin, följde med till läkaren, inhandlingar och jag hämtade honom ibland då han periodvis sjönk djupare i sitt alkoholberoende. Det fanns stunder då han inte kunde ta sig hem till sin lägenhet på egen hand.

Under en period spenderade pappa några månader på behandlingshem och det fanns en risk att han inte skulle överleva på grund av att han var i så dålig skick. Innan det hade han hade varit på avgiftning och fick där dubbelsidig lunginflammtaion och blev även uttorkad. Behandlingshemmet blev en räddning och som som tur var återhämtade han sig. Jag kan nog påstå att jag lärde känna pappa väldigt bra, trots att vi inte hade levt tillsammans. Jag undrade hur mycket han mindes av åren med mig, min bror och mamma. Det positiva som jag minns är att min bror och jag hade egna rum på ett ställe där vi bodde. Jag hade egen skivspelare och min tjejkompis och jag lyssnade på Baccara, Elvis Presley och Abba. Vi låtsades att vi var Agnetha Fältskog och Anni-Frid Lyngstad. Annars lyssnade vi mest finsk musik. Pappa berättade en del om det som hade varit, för jag tror att han ville att jag skulle veta och minnas de bra sakerna från vår barndom. Han ville inte att vi skulle minnas alkoholproblemen, ångesten, vardagsbekymren och att vi blev bortplacerade på fosterhem för att mamma och pappa inte kunde ta hand om oss. Han berättade också om att mamma inte hade tagit sitt ansvar för oss under vissa perioder när han jobbade. Hon stack istället iväg och dansade, när hon egentligen skulle ha varit hemma med oss tills han kom hem. Min mamma var inte den som stannade hemma när pappa jobbade. Hemmafru var ingenting för henne.

Efter en arbetsdag när pappa kom hem från jobbet upptäckte han att det var en obekant som låg och sov i hans säng och inte mamma. Han kom in i sovrummet, tände lampan och hittade en annan kvinna i sängen. –"Vem är du?", frågade han. –"Jag är barnflickan. Din fru är ute och dansar", svarade hon. Den gången var min mamma i alla fall ansvarsfull och lämnade oss inte själva, även om min pappa nog blev fundersam över kvinnan i sängen.

Mamma hade skaffat barnvakt för att gå ut och roa sig. Hon hade någon oro i kroppen och inte lika stor ansvarskänsla som pappa hade. Min mor var inte den som var trogen i sitt äktenskap. Hon var med andra karlar. När mamma och pappa hade fester så slutade det ofta med högljudda bråk. Jag tror att mamma många gånger var orsak till att bråken utbröt, med tanke på att hon inte kunde låta bli att flirta med karlar så fort hon fick lust. Min pappa hade ett jäkla humör ibland när hand drack alkohol. Framförallt när han umgicks med personer som var härjiga. Det var alltid liv ända ut i trapphuset när det var fest. Ibland när jag vaknade på natten så var det knäpptyst i huset. Alla hade gått, även mamma och pappa. Kvar var jag och min bror, helt ensamma, utan någon som helst aning om vart alla tagit vägen eller när de skulle komma tillbaka.

Ändå hörde jag aldrig pappa säga ett ont ord om mamma, vad jag kan komma ihåg. Men jag minns att mamma kunde säga "din pappa har inte alltid varit en ängel, ska du veta".

Det kändes mer som om pappa ville be om ursäkt för att hon inte kunde bättre och för allt han inte kunnat ge oss. Pappa blev oftast ledsen och var nära på att börja gråta, för han kände sig så maktlös att han inte hade gjort mer för oss. Eller så blev han arg när vi pratade om fosterföräldrarna och om hur de hade behandlat oss. Jag tror att pappa led och kunde inte förlåta sig själv att vårt liv inte blev som han hade hoppats på. Fast jag sade till pappa att han inte skulle tänka på det något mera. Han kunde inte veta att fostehemmet inte var en bra familj och han kunde inte styra vart vi hamnade.

Jag är väldigt lik pappa på många sätt – ordning och reda, plikttrogen, arbetsnarkoman, kontrollmänniska och att "ha många bollar i luften samtidigt". Det pappa inte hade kontroll på var hans alkoholberoende. När han mådde bra så städade han jämt. Han dammsög, torkade element, plockade undan grejer och tvättade. Han handlade, lagade mat åt sig själv och planerade sin matlagning. Han hade två katter som han tog hand om, målade tavlor och ritade på mindre papperslappar. Han gjorde också små båtar av tändstickor som skulle likna lastfartygen som han hade jobbat på i sina ungdomsår. Det var där, som sjöman, som han också lärde sig laga mat som kock. Pappas mat fick jag äran att äta när jag var vuxen. Den var vällagad och god – strömminglådor, finsk korvsoppa och den där såsen som stod och puttrade i flera timmar. Det var viktigt, sade pappa, för då fick såsen bra smak.

Pappa var aldrig elak mot oss trots att han hade en sjukdom, alkoholism. Trots sin sjukdom hade vår pappa ett etiskt och moraliskt förhållningssätt till mig och min bror. Han var den snällaste person som jag kände. *För* snäll. Han hade svårt med att säga nej. Det var många som utnyttjade hans givmildhet och därför hamnade han både hos Kronofogden och i relationer som inte var så bra för honom. Dessa kan vara några av orsakerna till att man lätt faller, men för att orka ta för sig i samhället så måste man vara frisk och stark. Det är lätt att hamna utanför. Där kan vem som helst hamna, oavsett varifrån du kommer eller vilken status du har. Alla kan drabbas av sjukdom och bli utslagna ur samhällets system, om du inte kan ta vara på dig själv.

Jag och min bror har också hela vår uppväxt vetat om att vi har en lillasyster som är bortadopterad och att vi har samma biologiska mamma. Vi fick träffa vår syster första gången när hon var ett år gammal då vår biologiska mamma kom och hälsade på med blivande adoptivföräldrar hos fosterföräldrarna. Mamma ville inte släppa taget om lilla syster, utan försökte ta hand om henne i den mån hon kunde tills det inte fungerade längre. Det är tragiskt att veta att mamma mådde så dåligt innerst inne och att hon hade fullt upp med att ta hand om sig själv, samt att hon kanske inte fick den hjälpen som hon hade behövt eller inte tog emot hjälpen som hon blev erbjuden. Hon kanske inte pratade om det med någon, eller inte ville – på grund av den gamla traditionen att man inte ska klaga. Hon kom själv från ett strängt hemförhållande och var uppfostrad att bara gå vidare och lämna allt gammalt bakom sig. Men det fungerar inte så i livet. Ibland behöver man stöd, uppmuntran och hjälp för att orka med sig själv och andra.

Det dröjde till 1999 då min bror, jag och min familj fick möjlighet att träffa vår syster igen. Hon var då 16 år gammal. I hennes fosterfamilj bodde ytterligare ett fosterbarn, en tjej, som då blev hennes fostersyster. Vi åkte och träffade henne och adoptivföräldrarna någonstans i mellansverige. Vi fick ta kontakt med socialtjänsten i Enköping som i sin tur kontaktade adoptiföräldrarna som gav oss tillåtelse att åka och hälsa på vår syster och hennes familj. Detta har lett till att jag idag har en jättebra och nära relation med vår syster. Jag är lyckligt lottad och det känns väldigt bra.

När jag äntligen hade fått möjlighet att lära känna vår mamma igen så drabbades hon hjärnblödning. Hon hade tydligen fått hjärnblödningen i duschen och blivit liggandes där. Under mystiska förhållanden så hade okända bekanta hittat henne och försökt burit henne till sängen, då det fanns blodspår på golvet. De ringde sedan ambulansen och när ambulanspersonalen kom till platsen hittade de henne på sängen, men de som hade ringt var spårlöst förvunna. Hon dog på lasarettet senare samma dag. Jag hann aldrig fram för att säga adjö. Jag hade också hoppats att vår syster hade haft möjlighet att träffa sin mamma. Vår bror hade inte heller träffat henne sedan han var liten. Vi syskon hade planerat att åka till Finland tillsammans på semestern, men det hann vi inte göra. Vi åkte för att begrava mamma istället. Jag vet hur mycket det hade betytt för oss syskon.

Personer som kände mamma har berättat för mig att hon själv blev agad av sin pappa som liten. Hon växte upp i en familj där pojkarna var mer värda än flickorna. Min mormor bekräftade också att min morfar hade uppfostrat min mamma strängt. Det var efter min mors begravning som mormor berättade att hon ångrade sig att hon inte stått på sig mera under deras uppväxt när det gällde uppfostran, men det var andra tider då.

–"Jag skulle sett till att din mor begravdes med sina bröder. Nu ligger hon i en egen grav, alldeles för sig själv. Nu kommer hon att vara arg på   mig".
Jag minns mina egna ord den gången, –"Men nu ligger hon där hon ligger. Vi kan inte gräva   upp   henne."
Vår mamma dog alldeles för ung, blott 57 år, av en hjärnblödning.

Mamma hade levt ett svårt liv med svåra relationer, fyllt med hot och våld. Sista gången jag träffade mamma var när jag var 29 år gammal. Hon såg ganska städad ut med sitt korta hår, klädd i grön blus, ljusblå jeans-jacka och en kort svart kjol. Mamma såg möjligtvis lite härjad ut i sitt uttryck, men det var städat och ordning i hennes hem när vi besökte baracken där hon bodde och som var hennes hem. Mamma berättade att hon hade blivit med barn vid nästan 50 års ålder, men att hon hade utfört en abort pga hon tyckte att hon var för gammal. Hon saknade oss, barnen. Vi fanns ju inte där hos henne. Mamma förklarade att hon gärna hade behållt barnet om hon inte hade varit så pass gammal. Hon nämnde även att hon åt mediciner och tillsammans med alkohol så är det inte bra om man var gravid. Jag höll henne om att det var rätt beslut att inte behålla barnet. Förmodligen hade barnet varit sjuk av alla starka mediciner och alkoholmissbruket. Det hade inte varit rätt mot barnet om det hade överlevt. Barackerna, där mamma bodde, var till avsikt som tillfälliga bostäder för hantverkare som jobbade i området. Nu användes dessa baracker som lägenheter för människor som förmodligen hade svårt att få någon annan bostad. Detta möte med mamma har jag behållit i mitt minne för att komma ihåg vår mamma på ett bra sätt.

Mamma dog 2008 och vi åkte på mammas begravning. Därefter åkte vi till lägenheten, som inte var lika städad som vid tidigare besök. Allting var orent, kaosaktigt och det hade varit inbrott i lägenheten. Allt var upp-och-nedvänt och någon hade rotat bland mammas saker. Det kändes obehagligt. Vi såg också att mamma inte hade mått bra under en längre tid och fick det begräftat när vi besökte hennes hem. Vi hade fått det berättat för oss tidigare av bekanta, att hon inte mått bra, men inte riktigt förstått att det hade varit så pass illa.

En av de svåraste händelserna i mitt liv var när vår pappa dog i cirkulationssvikt den 19 juni 2012. Både jag och min bror blev chockade av situationen, men båda upplevde och hanterade den på olika sätt. Jag tog dödsfallet väldigt hårt medan min bror än idag inte har bearbetat chocken.

Jag hade precis kommit till mitt jobb denna tisdagmorgon då telefonen ringde. Det var min man som ringde. Han var väldigt lung och sade: – "Det har hänt något med din pappa". Jag kände att hjärtat började pumpa hårt och jag blev yr. Hundra tankar hann snurra i huvudet och det kändes som att jag hade känt på mig ett tag att pappa inte hade mått så bra. Jag frågade min man: –"Lever pappa, eller är han död?" –"Jag tror inte han klarade sig. Just nu är rättsläkaren och polisen på plats för att göra en utredning. Så vi får veta mer senare."

Innerst inne visste jag att den här dagen skulle komma, då kroppens organ inte orkar längre på grund av alkoholmissbruket. Men jag tyckte att det var alldeles för tidigt och ingen vill ju dö på det sättet som pappa, ensam i sin lägenhet. Jag hoppades att döden kom fort så att pappa inte fick lida.

Två veckor innan han dog så hamnade han på lasarettet. Då hade han ramlat och slagit höger sida av huvudet samt kroppen i bordet i sitt vardagsrum. Troligen hade han blivit liggandes på golvet i sex timmar. Grannar hade hört honom ropa på hjälp och de hade då ringt ambulansen. Efter cirka sju dagar på sjukhuset så fick han åka hem då läkaren tyckte att han mådde tillräckligt bra. Proverna visade däremot att han inte mådde bra. Det upplyste aldrig om det nyupptäckta förmaksflimret. Detta anmälde jag senare till IVO (inspektionen för vård och omsorg). Jag tycke att han kunde ha fått vara kvar tills att alla värdena hade visat sig vara bra. Jag förmodade att anledningen till att han skickades hem var på grund av platsbrist samt att personalen inte hade tid att lyssna på vad pappa hade att säga, vilket inte är så ovanligt idag. Men jag tyckte att det kändes som att personer som pappa, som var finsktalande och hade svårt med svenskan, ska har rätt till språktolk på sitt modersmål (som alla andra med invandrarbakgrund som inte kan prata svenska). Detta hade jag informerat sjukhuset om och det skulle dokumenteras i hans journaler. Men likväl ringde personalen alltid till mig och bad mig närvara vid samtal med pappa, då han inte kunde förklara vad han behövde hjälp med samt när personalen inte hunnit få tag på en tolk. Pappa förstod helheten av det personalen sade men missade oftast de finstilta detaljerna. Han var noga med att veta allt och krävde svar. Han fick dock inte fullständig information om sin hälsa, utan blev istället utskriven.

Det var en kvinnlig bekant till pappa i Skinnskatteberg som hade ringde hem till oss och förklarat för min man att en manlig gemensam bekant till henne och pappa hade hittat honom död i sitt hem. Den manliga bekanta hade i chocktillstånd åkt fort därifrån och åkt hem till kvinnan och bett henne ringa hem till oss. Min man har en bekant i närheten där pappa bodde och bad honom åka och bekräfta att pappa var död. Min man kom och hämtade mig från jobbet och vi åkte hem. Jag ringde till våra närmaste för att de skulle få veta och vara närvarande, som familj, i en sorg som vi delade tillsammans. Jag kände mig arg, ledsen och frustrerad över att jag inte fick åka hem till vår pappa. För jag ville se om det verkligen var sant. Att han var död. För jag trodde inte riktigt att det var sant. Rättläkaren pratade med mig över telefon och han tyckte inte att jag skulle åka för att se pappa. Han förklarade att detta kunde bli chockartat, pga att allt blod hade samlats i ansiktet och att kroppen var i en konstig ställning. Hon tyckte att jag istället skulle börja tänka på förberedeleser för begravning med närmast anhöriga. Pappa dog av cirkulationssvikt, knäböjd framför sin bäddsoffa i vardagsrummet. Där han blivit sittandes och förmodligen har döden inträffat fort, för pappa hann inte ens lägga sig. Obduktion och blodprov visade inga spår av alkohol, droger eller läkemedel i kroppen, som kunde ha orsakat dödsfallet. Jag kände någon slags stolthet över detta.

Jag anlitade en finsk begravningsbyrå som skulle hjälpa till med begravningsförberedelserna i Finland och en finsk begravningsentreprenör som stod för frakten av kistan och kvarlevor till Finland. Jag och min bror åkte till Fagersta med de kläder och tillhörigheterna som vi ville att pappa skulle ha på sig i kistan och för att för sista gången se honom, då han hade blivit iordninggjord för sin sista färd. De två personer i rummet som väntade på oss var begravningsentreprenörerna. De varnade, liksom tidigare, att pappa inte såg bra ut i ansiktet vilket kunde skrämma oss och ge ett svårt minne för livet. Men vi ville se honom ändå. Min bror var lite tveksam till att vilja se pappa när han låg där i kistan. Han hade aldrig tidigare sett en död person. Och nu var det vår pappa. Jag har erfarenhet av att ta hand om människor i livets slutskede och jag hade mött anhöriga i sorg i mitt yrke som undersköterska, men det blev såklart mer känsloladdat och jobbigare på ett annat sätt när man ser sin egen pappa i kistan.

Vi gick fram till kistan tillsammans för att säga och ta adjö. Det såg ut som om pappa hade varit med om en boxningsmatch och bror sa "tänk att pappa inte ens får se fridfull ut när han är död". Denna kommentar blev på ett sätt lite komisk i denna jobbig situation. Det var ingen vacker syn och det var svårt att se om det ens var vår pappa. Men vi var tvungna och titta för att veta om det var pappa. Till slut kände igen honom, med sitt hårfäste och det tunna fina råttfärgade håret. Men jag frågade ändå begravningsentreprenörerna om de var säkra på att det var pappa. Hade han tatueringar på de ställerna som jag kände till, som luffarprickarna och sjömanstatuering – tre prickar på ovansidan av handen, mellan tummen och pekfingeret, som förknippas med sjömän, kåkfarare och luffare. Ett ankare som symboliserer att man är sjöman och har korsat atlanten. Det står också för hopp, haven, hamnar, stränder och dylikt. Pappa hade också tatuerat in mammas namn och som han aldrig hade tagit bort. Ett hjärta genomborrat av en pil. När pilen kombineras och genomborrar hjärtat, står den för kärlekens ljuva smärta. Begravningsentreprenörerna berättade också att man gjorde identifering genom tandkort så att det inte kunde ske något misstag. Nu efteråt har jag tänkt att pappa hade löständer och det är ju inte så svårt att byta ut, om man så vill det.

Denna händelse var en stor sorg för alla i familjen, men för mig och min bror betydde pappa något speciellt. Vi visste att pappas liv inte hade varit lätt. Vägen hade varit krokig och ibland svår. Men han klagade aldrig för oss. Även om vi inte hade fått leva tillsammans hela livet så hade pappa varit mån om oss och hjälpt oss efter sin egen förmåga. När han hade möjligheten att i perioder klara av det vardagliga livet bra, vilket han gjorde till stor del under sitt liv, så ville pappa just umgås med oss och sina barnbarn. Han trivdes med det. Pappa var sjöman

i sitt hjärta och han gick till sjöss redan som elva-
åring. Han ville resa, arbeta och vara precis som
sin bror Arto som han såg upp till. Egentligen
drog farbror med pappa in i det livet som inte var
bra för en så ung pojke, men det livet och den
erfarenheten var det bästa i hans liv. Det har han
berättat för oss. Det var ett hårt liv på de där
lastfartygen. Mörka och kalla nätter på havet, där
det kunde gå veckor innan fartygen gick in i
hamn och besättningen fick sätta fötterna på fast
mark. Mycket festande och mycket bråk, men
också många intressanta människor som han
träffade i olika hamnar – Gotland, England,
Afrikas kust, Östafrika, med mera. Trots att
pappa var finsktalande och inte kunde prata
andra språk så förstod han andra genom
kroppspråket. Pappas bror Arto hamnade oftast i
bråk när de drack. En gång fick Arto en kniv i
magen och som genom av ett mirakel så
överlevde han skadorna. Det var hans hårda liv,
med fylleri och bråk som ofta gick för långt, som
fick honom att bestämma sig för att det nu fick
vara nog. Han såg till att få magmunnen bränd
och kunde med det inte ta en droppe alkohol till.
Han blev nykterist. Det sägs att man måste nå
botten för att kunna bestämma sig för att ändra
sitt liv och ta sig upp igen. Pappa har alltid
saknat livet till sjöss och hade en önskan att
någon gång, innan det blev för sent, kliva på ett
lastfartyg och få göra en sista färd. Fartygen
pappa har färdats på, och några han ville
återvända till, var Astarte, Jan Hamm, Hamis,
Jorgi och Mylle. Jag hade tänkt ge honom det,
men tiden för pappa rann ut snabbare än både

han och jag hade räknat med. Pappa fick sin sista färd med båt, men i en kista på en Finlansfärja. Han skulle begravas bredvid sin mamma i familjegraven i Finland såsom han hade önskat sig. Pappa var också konstnär och den snällaste människan ända till slutet.

Vi är tacksamma att vi fick vara tillsammans. Du lärde oss livets gåtor de åren som vi hann umgås och lära känna varandra. Tack pappa! Du kommer alltid att finnas i våra hjärtan.

Åren efter pappas död har varit svåra. Svårare än jag först trodde att de skulle bli. När jag sörjde så sade min son något till mig som fick mig att tänka till.
—"Du får hedra din pappa istället för att sörja. Tänk på de bra minnena du har av er pappa och minnena som vi har av morfar!"

Vår dotter hade en speciell relation till sin morfar. Det hade hon redan som liten. När hon gjorde vissa gester så fick hon honom att skratta. När vår dotter skojade och tokade sig så tyckte pappa att hon påminde om vår mamma, när hon mådde som bäst och var sprallig och glad.

Kapitel 11

Jag sitter i den becksvarta lilla klädkammaren efter att ha blivit skrämd. Lyssnar efter fotsteg och försöker lokalisera om de närmar sig dörren. Jag spetsar öronen, så jag snabbt kan resa mig upp om någon av fosterföräldrarna kommer och kollar om jag står upp efter många timmars väntande, fortfarande stående i det mörka rummet – mitt straff för att jag inte gjorde som de sa. Det har väl gått en stund nu? Strafftiden måste väl snart vara slut?

Eller har jag bara stått här inne en timme? Hur länge det har gått kan jag inte avgöra. Jag har ingen klocka på mig. Den skulle jag nog inte kunna tyda även om jag haft den på mig, trots att ögonen har anpassat sig till mörkret. Men det värker i benen så jag gissar att det har gått några timmar i alla fall. Äntligen går biljettköparen.

Fosterföräldrarna ägde nämligen en resebyrå och när semestertiderna närmade sig så var det mycket rörelse i huset. Ibland när det kom hem folk som köpte biljetter så fick vi stå i klädkammaren. Utom synhåll för alla, så att ingen skulle ställa obekväma frågor som fosterföräldrarna blev tvungna att svara på. Det fanns tillfällen då fosterföräldrarna inte litade på personerna med risk att de skulle sprida vad som försegick. Vi blev också straffade med att stå i hörnet i hallen och där bli utsatta för andras blickar, vilket var pinsamt för besökarna och förnedrande för oss.

Jag hör fotsteg närma sig. Dörren öppnas. Jag måste visa tacksamhet och erkänna något som inte var mitt fel! Det känns fel. Jag måste säga förlåt. Annars får jag fortsätta stå i mörkret.

Nu när jag är vuxen så frågar bekanta till fosterföräldrarna försiktigt mig om den plågsamma uppväxten, om hur det var att bo hos fosterföräldrarna. Då ger jag en kort redogörelse för hur det var i *skräckhuset*. Detta är ett konstaterande, men också ett sätt att markera att de hade chansen att påverka vår framtid till det bättre. För det fanns personer och även grannar som visste en del, men som inte vågade anmäla missförhållandena. Vissa personer reagerar genom att undvika ämnet på grund av att det är tabu. Vi bemöts även med misstro. Jag känner viss trygghet i att vissa personer som bevittnat våra hemförhållanden bekräftar att det inte var vårt fel, vilket vi blev uppfostrade att tro.

Ibland känner jag ingenting. Jag bryter inte ihop. Jag utestänger allt tills jag är för mig själv eller är tillsammans med min man. Då plötsligt kommer allting vällande över mig. Då kryper den obehagliga känslan över mig. Men jag har lovat mig själv att aldrig låta fosterföräldrarna vinna över mig. En av mina drivkrafter i livet, och det som har triggat mig att överkomma svårigheter, är att aldrig låta dem få nöjet att få rätt. De såg ned på oss och sa att vi aldrig skulle bli något. De sa alltid "ni kommer att bli socialfall när ni blir äldre". Denna bok är ett resultat av den drivkraften jag hade att motbevisa dom.

Sedan den dagen jag blev utslängd och förnedrad har jag jobbat intensivt med att hitta min egen identitet, att bygga upp en stark familj, att säkra framtiden och försöka stötta min bror. Jag har försökt göra en insats i samhället och att ställa upp för människor som behöver stöd och uppmuntran. Så gott jag har kunnat har jag försökt se människors lika värde. Med den erfarenhen jag har kan jag idag lägga energi på positiva saker. Förr gick det åt energi bara att kunna överleva. Det är ett av mina sätt att göra vardagslivet enklare. Men än i dag så tampas jag med rytmen i vardagspulsen.

Men jag är medveten om att det inte är säkert att det går att återhämta sig helt. Det är en process som pågår hela livet. Det finns saker som jag och min bror säkerligen inte kommer ihåg, men vi får lära oss att hantera känslorna – både i de psykiska och fysiska reaktionerna och relationerna. Plötsligt kan det dyka upp situationer som man är beredd på, men som ändå river upp gamla sår, vilket gör att man inte kan hantera situationen på bästa sätt.

Att plötsligt, mitt i natten, bli livrädd och vakna av en ångestattack, kippa efter luft, dyngblöt av svett på kroppen och sängkläderna och upptäcka att det var en mardröm och inte verklighet. Att vara aggressiv och irriterad på sina närmaste, vilket inte känns bra – varken att bli irriterad eller att känna skuld över något som inte var vårt fel.

Eller bara känna sig kall och tom inombords, bara för att fosterföräldrarna behandlade oss illa. Visst har jag besökt en psykolog, men jag kände inget behov av det. För min del gav det ingenting. Det vi gick igenom och det jag minns har jag redan bearbetat och kunnat hantera, till viss del. Det har gått många år emellan de olika faserna i livet. Jag minns mycket av min barndom som jag har kunnat bearbeta. Men min bror har det värre på ett annat sätt, då han inte kommer ihåg våra biologiska föräldrar på samma sätt som jag. Han har inte kunnat påverka och inte haft förmågan att bearbeta det som vi har varit med om. Han har heller inte kunnat ta med sig de bra minnena och stunderna som vi hade med våra biologiska föräldrar, som kan vara positiva och avgörande i vissa skeden i livet. Det är ju också så att vi är olika som individer, reagerar olika vid olika tillfällen, har levt olika liv beroende på var i livet vi befinner oss. Vi har svävat i livsfara hos fosterföräldrarna. Så upplever vi det.

När vi bodde i skräckhuset tänkte jag väldigt många gånger "Jag smiter ut. Hoppar ut genom fönstret och försvinner för alltid. Kommer aldrig mer tillbaka". Men jag kunde inte. Jag kunde inte lämna min bror bakom mig. Och vem skulle då hjälpa honom, om inte jag?

Glömska, vrede, oro, trötthet, skuldkänslor över att inte kunna veta varför man ibland känner som man gör. Att räkna till tio, innan du skäller ut dina närmaste, var en av sakerna som jag fick lära mig. Det lärde dom mig på kognitivbeteendeterapin, där jag gick några gånger för att lära mig leva med och hantera känslor i vardagssituationer. De lärde också ut hur man ser framåt och går vidare i livet. Hur man har/får tålamod, försöka vara öppen, ärlig mot andra – men framförallt mot sig själv. Fosterföräldrarna ska inte vinna över mig. Det hade jag bestämt och det skulle jag aldrig tillåta.

Nu har det gått många år, 27 för att vara exakt, sedan jag blev utslängd första gången. Jag har bestämt mig att aldrig mer bli förnedrad och hjärntvättad på detta sätt av någon. Först måste jag rädda mig själv innan jag kan rädda min bror. Det är starka bilder och känslor som kommer tillbaka och tankarna går till min bror, som jag var tvungen att lämna kvar. Det är också synd om adoptisonen. Han fick aldrig någon bra grund och stå på. Vi blev behandlade på så olika sätt. Pojken som blev adopterad ansågs vara deras biologiska barn. Vi var bara fosterbarn så vi räknades inte. Något som jag lärde mig i skräckhuset, och som jag kan än idag, är att städa. Det är det enda vettiga minnet jag tar med mig därifrån. Vi var som städerskor som skurade överallt, från tak till golv. Det är något vi aldrig kommer att glömma – hur man städar.

Jag har även bra minnen. Att min bror och jag fick leva under samma tak gjorde oss starkare när vi behövde vara det. När vi blev tonåringar förstod vi att Mirjam och Martti manipulerade oss. Vi skulle skvallra på varandra så att den ena fick bättre ställt än den andra. Någon fick alltid ett straff. Hur brottsligt är inte det – att uttnyttja människors styrka och svagheter mot varandra, för att göra båda svaga?

Sommarlovet är för många barn förknippat med ledighet, vila, lek, skratt och umgänge med kompisar. För mig innebar sommarlovet hårt arbete. Då blev jag skickad till Finland för att arbeta på min fostermammas brors bondgård. Jag var åtta år första sommaren som jag arbetade där. Det finaste minnerna från när jag arbetade som barnflicka i Finland, varje år efter skolavslutningen, var att komma bort från eländet. Jag reste med buss och över med Finlandsfärja och fick då chansen att tänka själv. Då fick jag vara ifrån fosterföräldrarna och känna mig fri för en stund, men även välbehövlig. Städa visste jag hur man gjorde för det hade jag gjort under hela min uppväxt hos fosterföräldrarna. Men jag lärde mig att bli självständig och fick höra att jag inte bara var uppskattad för det jag utförde, men också som person. Jag lärde mig hur det var att ta hand om ett litet barn samt att göra hushållssysslor såsom att förbereda mat, diska, handla, hjäpa till med bakning, städa och tvätta. Jag lärde mig att jobba i ladugården med att mjölka kor, mocka skit, kalka väggar, mata kalvar och tjurar, rengöra mjölktunnan, klippa gräsmattan, hjälpa till med hö, köra traktor, plocka ogräs, mata grisar, måla och plocka bär i skogen.

Jag arbetade från tidig morgon till sen kväll. Det kan kanske tyckas som om jag blev flyttad från ett helvete till ett annat. Men för mig var det även en fristad. Jag slapp Martti. Här kunde han inte göra mig illa. Här slapp jag även Mirjam, som aldrig kunde säga emot sin man när det gällde mig och min bror. Här var det fostermors bror och hans fru som styrde och bestämde reglerna. Det var egentligen hans fru som var den dominanta och stränga. Men hon gav mig även frihet. Jag fick titta på tv hur länge jag ville, trots att jag var tvungen att gå upp klockan fem på morgonen. Schemat för en barnflicka var tufft. Tidiga morgnar klockan 05.00 och sena kvällar till 18.00. Om det inte var hö-tider så kunde det bli senare. Då bastade vi nästan alltid efter en hård arbetsdag. Sedan satt jag uppe sent och tittade på TV, för jag hade möjlighet att själv bestämma vilket tv program jag ville se på. Jag fick välja vad jag gjorde på min fritid. För det arbete som jag utförde fick jag även pengar och på fredagar eller lördagar gick jag på dans och träffade där andra ungdomar och nya människor. Jag fick bestämma vilka kläder jag ville ha på mig och hur jag ville att håret skulle se ut. Jag började rå över mitt eget liv och började känna mig sig som alla andra i min ålder. Men ändå inte. Jag var inte som alla andra och skulle aldrig bli som andra. Friheten jag upplevde på gården gjorde att jag var nära att flytta dit permanent vid 16 års ålder, för att gå på Jordbruksgymnasiet. Jag hade blivit antagen och träffat en pojkvän. Men som tur var träffade jag min nuvarande man i Sverige och bestämde mig för att vara kvar här.

Så småningom kom kosterföräldrarna till Finland. Då hade jag varit där i närapå tio veckor och varit fri från hot, nedtryckning, agande och andra straff. Det var en lyx att arbeta som barnflicka om jag gjorde en jämförelse mellan dessa två liv. Tjäna ihop sina egna pengar, ha frihet och känna sig uppskattad för det jag gjorde. Min fostermamma blev tillrättavisad av min fostermorbrors fru Laila, då min fostermamma som vanligt hackade på mig och sade att allt jag gjorde var fel. Då klev Laila in och sade åt henne att "här är det jag som bestämmer och det är mina regler som gäller". Hon styrde alla med järnhand, vilket ibland behövdes för att hålla ordning saker och ting på landet. Att hon tog mitt parti var nog anledningen till att jag valde att berätta för henne om övergreppen jag hade blivit utsatt för. Inte heller hon ville lyssna. Hon låtsades som om det regnade och ville inte alls höra talas om mina berättelser.

Min fostermors bror tyckte jag väldigt mycket om. Han var, i motsats till henne, alldeles för snäll och arbetade så hårt att när han kom in till maten somnade han i gungstolen varje dag. Jag vet att jag tyckte synd om honom och beundrade honom, såsom han slet. Han var den enda som berömde mig på ett bra sätt när jag utförde mina arbetsuppgifter. Jag minns hur glad jag blev. När min fostermormor och fostermorfar levde så var det han som styrde gården med järnhand och var sträng, medan hon var alldeles för snäll. Men jag minns att hon en gång sade åt min fostermor att "nu låter du flickan vara i fred!". Jag hade ofta mardrömmar och en natt frågade jag fostermormor om jag kunde få sova mellan dem i sängen. Hon var så snäll och lät mig sova i hennes säng. Själv lade hon sig i mitten. Det var två enkla järnsängar som var ihopsatta. Så när hon låg där så åkte sängarna isär och hon ramlade emellan och landade på golvet. Jag delade rum med fostermors syster som var, och är, en duktig konstnär. Hon led och har lidit av sjukdomen Schizofreni under hela sitt liv. Ena dagen kunde hon, slank som hon var, dansa runt i sin långa röda balklänning. Andra dagar var hon apatisk och okontaktbar, fångad i sin egen bubbla. Ingen verkade vilja förstå sig på henne. Familjen var nog mest rädda för henne då de inte förstod sig på sjukdomen. Själv hade jag inget emot henne. Hon gjorde inte en fluga förnär och sade aldrig mycket, men ibland kunde hon vakna till och prata med mig. Hennes handleder var sönderskurna på grund av att hon mådde dåligt. En natt vaknade jag och såg henne sitta naken mitt på golvet i rummet. Där satt hon och målade tavlor. Jag fick flera tavlor av henne som hon hade målat. Jag fick även tavlan som hon hade målat när hon mådde lite bättre – ett porträtt av mig.

Kapitel 12

Fosterföräldrarna hade ett sommarställe i samma trakter där jag jobbade som barnflicka. Om jag inte reste ensam så åkte jag och min bror tillsammans med fosterföräldrarna i deras vita Mercedes och över med båten till Finland. Resan kändes som madröm ibland. Martti fick för sig helt galna saker ibland. Till exempel när vi var ute på däck så skulle han visa sin makt över min bror eller mig, så plötsligt lyfte han upp min bror och hängde honom över relingen. Han var då fem eller sex år gammal. Martti skrattade och tyckte att det var roligt när vi blev rädda. Flera gånger hände det att bilfärden helt enkelt blev farlig. Martti accepterade inte när någon försökte köra om honom, utan körde jämns med den andra bilen som skulle om. Eller så körde han fortare och fortare och lät inte någon komma förbi. Ju räddare vi blev och ju mer vi sade ifrån, desto fortare körde han. Som om det triggade honom. Så det var lika bra att vara tyst och hoppas att vi skulle klara bilfärden helskinnade fram till sommarstället. Vi vistades ofta där, om jag inte arbetade som barnflicka på en annan gård. Sommarstället förknippades inte med sommar och lov för mig och min bror. De använde oss barn till att arbeta under sommarlovet under hela vår uppväxt. Precis som alltid - städa bastun och huset, hugga ved omkring huset i skogen, använda lie till att kapa det höga gräset runt huset, måla, tvätta fönster, med mera. Alla somrar tvingades min bror eller jag att hämta vatten från en gammal brunn som låg mitt i skogen. Det fanns inget indraget vatten i det gamla huset så vi fick tvätta oss i bastun när den var antingen uppvärmd eller kall. Det var som ett straff att gå in i den täta tallskogen då det var extremt mycket mygg. Det var inte bara att hämta vatten. Det var både skrämmande och obehagligt att gå i bara underkläder, eller med handduken virad runt kroppen, och släpa vatten i hinkar samtidigt som man blev attackerad av miljoner mygg. Det fanns också en stor risk att vi gick vilse i den täta tallskogen, vilket vi ibland gjorde. Men som tur var så hittade vi till slut tillbaka. Det var som för att pina oss för något som vi hade sagt eller gjort. Tur att man inte var allergisk. Då hade vi inte överlevt.

För mig är det lika viktigt idag att ta vara på de få bra minnerna som att minnas det svåra. Det lättar mitt sinne. För jag vill finnas till för min man och våra barn. Jag vill vara en så pass bra hustru, mamma och syster som jag bara kan. Våra barn ska aldrig behöva uppleva det som jag och min bror har varit med om. Det bestämde jag redan innan vi planerade att skaffa barn.

Min bror säger att mina barn aldrig kommer uppleva något liknande, samtidigt som jag vet att det finns massor av barn och undomar som dagligen går igenom liknande upplevelser. Även värre situationer. För mig är det helt obegripligt hur man kan göra sina barn så illa.

I allt det hemska som har hänt har det också skett något fint. Jag har idag två underbara vuxna barn och en förstående man. Jag är så tacksam över det jag har. Jag har en svärmor som har funnits där under hela barnens uppväxt och hjälpt vår bror när han behövde en ny familj.

När man har upplevt något som är svårt och smärtsamt, antingen om det gäller en allvarlig sjukdom, dödsfall bland ens närmaste eller något helt annat, så är det ofta lätt att känna sig ensam. Ingenting blir som det var förut.

Idag kan jag skilja mellan vad som är tryggt och otryggt. Jag har lärt mig att granska folk på gatan, försöker läsa av människoöden och jag försöker att inte döma någon i förväg. Visst har jag varit naiv och gått på en del falskspel. Men jag är inte mer än en människa. Motgångar lär man sig av. Alla tacklar vi utmaningar i livet på olika sätt. Vissa lär sig leva med det medan andra inte gör det. Vi bearbetar de bilder som hemsöker oss i våra drömmar och mardrömmar. Det finns inget facit på hur vi kommer att reagera på olika situationer i relationer, i samhället och i vardagslivet. Vi måste bara lära oss hur vi ska leva med de smärtsamma minnerna och hur vi ska hantera vardagen med dessa utmaningar. Livet är inte, och kommer aldrig att bli, lätt. Men det har jag inte räknat med heller. Samtidigt har jag kommit fram till att det är möjligt att hämta styrka ur det svåra. Stolthet är en känsla jag känner när jag tänker på vad jag har åstadkommit så här långt i livet. Och det ger mig styrka till att fortsätta kämpa. Vi är överlevare, min bror och jag. Vi har upplevt många motgångar, men också små segrar, som ger tro och hopp om framtiden. Jag har insett att livet kan vända snabbt och att man har ett liv att leva. Man måste försöka ta vara på möjligheterna. Man måste vara den man är och tro på framtiden, men aldrig glömma det som har varit. Det gäller att istället ta vara på de erfarenheter som man har upplevt och har, och finnas där för varandra.

Ibland kommer jag på mig själv att jag gör saker utan att tänka. En dag då jag var på väg till mitt arbete kom jag plötsligt på mig själv att jag gick strikt och följde vägen, utan att snedda av och gå över gräsmattan vilket kunde underlätta ibland när man hade bråttom. Så hade jag gått en lång tid utan att överhuvudtaget reflektera på att jag följde vägen. Vi blev inpräntade av fosterföräldrarna att en sådan bagatell som att gena över gräsmattan var olagligt och fult att göra. Vi var tvungna att lyda, för fosterföräldrarna hade koll på oss. De hade spioner i samhället, påstod de. Jag vågade inte snedda över någon gräsmatta eller tomt så länge vi bodde hos fosterföräldrarna. För om någon såg vad vi gjorde så skulle det skvallras och vi få ett straff. Vad sjukt egentligen, att man inte vet att man får tänka själv. Att man inte är medveten om en sådan enkel sak, som jag nu som vuxen kan välja själv hur jag vill göra. Det finns säkert saker som jag har förträngt utan att veta om det. Saker som en dag kanske ploppar upp i något sammanhang. Än i dag lever jag i rädsla för honom. En rädsla för att han ska komma med sitt gevär och skjuta mig och min familj. Kanske tar han sig till andra hemskheter. För jag vet att hos honom finns inga spärrar. Han skulle kunna ta sig till att göra vad som helst.

Jag och min bror ansökte om ersättning från Ersättningsnämnden 2013. De som vanvårdats inom samhällsvården fr.o.m 1 januari 1920 fram till den 31 december 1980 har rätt att söka ersättning på grund av övergrepp eller försummelse. Ersättningsnämnden inskaffades 2012 av Regeringen och Riksdag och enligt gällande regler ska misshandeln vara av mycket allvarlig art, såsom grov fysisk misshandel och sexuella övergrepp.

Vi ansökte var och en och jag trodde inte vi hade möjlighet att få komma till tals. Vi hade för länge sedan, efter vår svåra uppväxt, slutat tro att det fanns en rättvisa att skipa för vår del. Men hoppet fanns kvar att en dag få möjlighet att berätta vår historia för människor som skulle tro på oss. Hoppet om att det fanns en chans till någon slags upprättelse. Ungefär ett år efter att ansökan om ersättning hade mottagits så fick vi en kallelse för muntlig förhandling. Vi fick datum och tid att få träffa Ersättningsnämden på ett möte i Stockholm. Vi åkte tåg till Stockholm till ersättningsnämnden, där vi fick var och en själv berätta vad vi hade blivit utsatta för i fosterhemmet. Tiden innan och själva tågresan kändes otroligt lång. Många tankar, funderingar och minnen for runt i huvudet. Det var både jobbigt och nervöst att ännu en gång behöva berätta och förklara om det förflutna. Det var påfrestande att berätta om den fysiska och psykiska kränkande och utnyttjande behandlingen i fosterhemmet. I ansökan så hade både jag och min bror bifogat ett skriftligt underlag. Däri hade vi våra egna berättelser som ledamöterna, innan besöket, hade tagit del av.

En muntlig förhandling innebar att vi fick träffa Ersättningsnämnden och vi blev förhörda i ett samtalsrum. Vid en muntlig förhandling deltar, förutom jag själv, de fyra ledamöterna som fattar beslut i ärendet samt den tjänsteman som jag hade varit i kontakt med i tidigare skede, som handlägger ärendet för både mig och min bror.

Vi blev proffessionellt och väl bemötta av den manliga personen i entrén. De tog hand om oss när vi var på plats och gjorde sitt bästa att vi skulle känna oss välkomna. Vi pratade och de fick oss att känna oss aningen mindre obekväma och nervösa. Vi åkte sedan upp med hiss och satte oss i ett väntrum. Vi blev bjudna något att äta och dricka under tiden vi väntade. Väntan och ovissheten var ansträngande både kroppsligt och själsligt. Den där tryckande känslan att inte exakt veta vad som väntade oss och vilka frågor som skulle komma upp. Tänk om jag skulle bli blockerad av pressen under förhör och inte minnas alla detaljer som jag har varit med om. Men allt kan man inte minnas och vissa saker kommer man aldrig att komma ihåg. Ut från förhörsrummet kommer en kvinna som företrädde oss. Hon hade tagit hand om både min brors och mitt ärende. Hon bad oss vara ärliga och berätta det vi hade varit med om, med egna ord, så detaljerat som möjligt. Ledarmöterna i nämnden är vana att möta och lyssna till människor som har varit med om svåra upplevelser. Alla som arbetar vid Ersättningsnämnden har tystnadsplikt. Jag har haft väldigt svårt att lita på människor i mitt liv och jag har succesivt lärt mig under livets gång att det finns personer som man kan ha förtroende för. Efter en stund kom kvinnan som ska leda förhandlingen fram och hälsade på oss och förklarade hur det muntliga förhöret skulle gå till – min bror och jag skulle gå in en och en och vi var varandras vittnen. Jag berättade att jag har ett till vittne som kan intyga övergreppen om det skulle behövas.

När jag kom in i rummet så satt den personen som ledde förhandlingen framför mig och till vänster om henne satt en man och brevid honom kvinnan som hjälpt oss med ärendet. Hon skrev på en dator om det jag och min bror skulle berätta om. Höger om ordförande satt två ledamöter till – en kvinna och man. Min och brors berättelse spelades in. Jag tänkte att hur jobbigt det än är, så kan jag inte backa ur nu. Jag kan inte göra mer än mitt bästa. Om dessa människor inte tror på mig och min bror så har vi i alla fall gjort allt vi kunnat för att få en upprättelse.

Jag berätttade så gott jag kunde om övergreppen och om försummelsen jag hade varit med om. Ingenting blev utelämnat, trots att det kändes svårt och påfrestande. Jag var nervös och skakade i hela kroppen. Kände mig illamående och jag försökte koncentrera mig. Det kändes som om hjärnan skulle koka över. Det märktes att personerna i rummet var professionella och vana vid svåra berättelser. Men jag upptäckte att jag var på min vakt och hur jag studerade hur dessa personer reagerade i olika situationer när jag berättade om barndomen. När förhöret för min del var slut så var det min brors tur. Jag fick sätta mig i väntrummet och vänta tills förhöret med min bror var klart. Därefter fick vi åka hem. En resa som bekostades av Ersättningnämnden. Innan vi gick ut från byggnaden fick vi information om att det skulle dröja ett par veckor innan vi fick ett skriftligt beslut från nämnden, om vi får ersättning eller inte. Mycket riktigt så kom beslutet efter några nervösa veckor. Beslutet löd att min bror och jag hade blivit betrodda.

Epilog

Vi gick från ett hem med försummelse och missbruk, till en placering med fysisk- och psykisk misshandel, utan några som helst kontroller eller uppföljningar från myndigheter.

Bestämmelser för vissa myndigheter och yrkesutövare att anmäla till socialnämnden vid misstanke om att barn far illa eller riskerar att fara illa har en lång tradition i svensk lagstiftning. En bestämmelse om anmälningsskyldighet fanns redan vid 1924 års barnvårdslag. Bestämmelse har under åren succesivt skärpts. Myndigheter vilkas verksamhet berör barn och ungdom samt andra myndigheter inom hälso-, sjukvården och socialtjänsten samt vissa andra myndigheter omfattas av anmälningsskyldigheten. Detsamma gäller de anställda vid dessa myndigheter. Även alla de som är verksamma inom yrkemässigt bedriven enskild verksamhet inom hälso- och sjukvården eller på socialtjänstens område omfattas av skyldigheten. Vidare finns en uppmaning till allmänheten att anmäla situationer när ett barn riskerar att fara illa. Detta kan till exempel vara när barnet utsätts för fysiskt eller psykiskt våld, sexuella övergrepp, kränkningar eller försummelse tillgodose barnets grundläggande behov.

Vad har hänt från den 1 december 1978, då min bror och jag blev fosterhemsplacerade, fram tills idag? I min mening har utvecklingen gått extremt långsamt sedan anmälningsskyldigheten trädde i kraft 1924.

Jag hade möjligheten att lämna in ansökan om ersättning genom Ersättningsnämnden enligt ersättningslagen 2012:663 på grund av övergrepp och försummelse. Det var ett svårt beslut för mig, både kroppsligt och själsligt, att orka genomgå svåra minnen för att kunna få en viss upprättelse mot fosterföräldrarna.

Jag och min bror blev betrodda av personerna som lyssnade på vår berättelse om vår barndom. Det finns hopp om upprättelse i samhället. Men det har varit en lång väg att gå. Pengarna vi fick i ersättning är ingenting i jämnförelse med det vi har varit med om. Men det är ett litet plåster på såret.

Slutord

Jag tackar min pappa som sa till mig, innan han gick bort, att börja skriva ner mitt liv.

Uppmuntrandet från min son gav mig modet och styrkan att ge ut boken. Jag är stolt över att äntligen kunna ge ut den.

Jag vill tacka Palle som har skapat bokomslaget samt korrekturläst och redigerat boken. Jag vill också tacka min dotter, min syster, min bror, moster Marja och Camilla som har läst mina anteckningar och kommit med feedback och konstruktiv kritik.

Tack till min man och våra barn. Tack till min bror och syster för att ni finns! Jag älskar er!